斧名田マニマニ
イラスト／U35
幼馴染彼女のモラハラがひどいんで
絶縁宣言してやった
自分らしく生きることにしたら、
なぜか隣の席の
隠れ美少女から告白された
2

「花火ちゃんー？　大丈夫そ？
花火ちゃんのことママから聞いて、
慌てて様子を見に来たんだけど」
如月 泉
きさらぎ いずみ

「お……お姉ちゃん、
どうして……
ここに……？」
如月 花火
きさらぎ はなび
久しぶりに見る泉は、
美しさに磨きがかかり、
輪をかけて華やかになっている。
それに比べて自分は……。
花火は強烈な劣等感を覚えて
青ざめる——

背を向けた俺の服を、
櫻井綾菜がくんと摑んできた。
反射的に振り返ると、
つま先がぶつかりそうなくらい
近くに立った櫻井綾菜が、
潤んだ瞳で俺を見上げてきた。

「待って、一ノ瀬くん……。
今は一人になりたくないの……」
櫻井 綾菜
さくらい あやな

「七緒つばさです。二人ともよろしく！」
「てか女の子が入ってくれたのうれしーー！このお店って、男女比のバランス悪くって！」

一ノ瀬 颯馬《いちのせ そうま》
雪代 史《ゆきしろ ふみ》
口調や態度から、
かなり快活な人なのだと
伝わってくる。
すらりと背が高いこともあり、
どことなくボーイッシュな
印象を受けた。
七緒 つばさ《ななお つばさ》

CONTENTS

ダッシュエックス文庫

幼馴染彼女のモラハラがひどいんで絶縁宣言してやった2

～自分らしく生きることにしたら、なぜか隣の席の隠れ美少女から告白された～

斧名田マニマニ

プロローグ　花火に下された罰

一ノ瀬颯馬《いちのせそうま》が参加した林間学校から一カ月が経《た》った七月初め。

如月花火《きさらぎはなび》はその間ずっと、引きこもり生活を続けていた。

颯馬たち二年生の林間学校に乱入した際、崖から落ちて複雑骨折したことが原因——ではない。

もちろん怪我《けが》はまだ完治していない。

しかし家から出られない理由は心のほうにあった。

大好きな人を失ってしまった。

永遠に。

馬鹿で、思いやりに欠け、やきもちやきで、独占欲が強く、相手のことより自分のことばかりで、歪《ゆが》んだ形でしか愛情表現できないモラハラクソ女だったから。

そのせいでこの世で唯一《ゆいいつ》の特別な颯馬は、花火のもとから離れていってしまったのだ。

「颯馬センパイ……」

颯馬には優しくてまともな彼女ができた。

だから颯馬はもう花火のものではない。

颯馬がいない世界なんて、花火にとっては何の価値もなかった。

「……生きていたくない……あはは……は」

干からびて割れた唇から、か細い声が零《こぼ》れ落ちる。

何週間も誰とも喋《しゃべ》っていなかったせいで、声はひどく掠《かす》れている。

本音を言えば死んでしまいたい。

でもそんなことをしたら、颯馬に当てつけをしたような状況になってしまうだろう。

自分が死んだって颯馬が悲しむことはないが、優しくて鋭い颯馬は、花火の死の原因が自《みずか》らにあると気づき、少なからず責任を感じてしまうはずだ。

それならば死ねない。

颯馬より自分の望みを優先させることは二度としない——そう決めているから。

だから花火は、颯馬のいない世界でなんて生きたくないと思いながら、それでも生き続けるしかないのである。

「きっとこれが私に与えられた罰なんだ……」

座り込んだベッドの上で項垂《うなだ》れる。

そのまま時間は流れ――。

どのぐらい経っただろう。

不意に玄関の鍵を回す音がした。

スリッパを履《は》いた足音が近づいてくる。

両親にしても、ハウスキーパーにしても、花火の部屋に入ってくることはない。

ところが足音は、花火の部屋の前で止まった。

躊躇《ちゅうちょ》することなく扉が開かれる。

「花火ちゃんー？　大丈夫そ？　花火ちゃんのことママから聞いて、慌《あわ》てて様子を見に来たんだけど」

優しそうな声を聞いた途端、花火の体がビクッと跳ねた。

「お……お姉ちゃ……」

室内に入ってきたのは姉の泉《いずみ》だ。

ふわっと巻いた髪に、薄桃色の目元と頬。

淡い色のワンピースとお財布ぐらいしか入らなさそうなバッグ。

すべてが女性的で、泉の柔らかい雰囲気に合っている。

今一番人気の女優にそっくりな泉は、大学に通いながら、ＳＮＳの登録者が数十万人を超えるインフルエンサーとして活躍している。

「お姉ちゃん、どうして……ここに……？」

震える声で花火が尋《たず》ねる。

泉は実家から電車で二十分ほど離れた街で一人暮らしをしている。

大学と私生活が忙しいらしく、妹の花火でも泉の顔を見るのは半年ぶりだった。

久しぶりに見る泉は、美しさに磨きがかかり、輪をかけて華やかになっている。

それに比べて自分は……。

花火は強烈な劣等感を覚えて青ざめた。

「あ……」

床やベッドの上に散乱している衣服やゴミ。

部屋中に充満する甘酸っぱい臭《にお》い。

ぼさぼさの自分の髪。

そんなものが急に気になりはじめた。

口元を引き攣《つ》らせた花火は、脱ぎ散らかした服の山を焦《あせ》りながらかき集めた。

泉はそんな花火に対して、にこっと微笑んでみせた。

それから窓辺に向かうと、カーテンをそっと開けた。

七月の強い日差しが、花火の淀《よど》んだ部屋に容赦なく襲いかかる。

眩《まぶ》しい光を背負ったまま、泉は振り返った。

「花火ちゃん、空気を入れ替えて、お掃除をしたら、お姉ちゃんとお話ししよ？　何があって、花火ちゃんの心が壊れちゃったのか。しっかりお話して、今後どうしていくのが花火ちゃんのためになるのか、お姉ちゃんと考えようね」

泉は微笑んだまま、そう伝えてきた。

泉の声は落ち着いていて、とても耳に心地いい。

心の中にじんわりと染《し》み込んで、そっと寄り添ってくれる。

そんな声質をしているのだ。

花火は怯《おび》えた目で泉を見上げた。

姉に隠し事はできない。

自分の罪は、間違いなくすべて暴かれてしまうだろう――。

第一話　元カノはクソ女

夏休みも近いある日の放課後。

昇降口で日直の雪代《ゆきしろ》さんを待っていると、その当人からメッセージが届いた。

『一ノ瀬《いちのせ》くん、待たせちゃってごめんね！　今、戸締まりが終わったから、急いで日誌を書いちゃうね！』

慌《あわ》てなくて大丈夫だよと返したら、直後にまた一通。

『うん、ありがとう。でも早く一ノ瀬くんに会いたいから……』

添えられていたのは、照れているうさぎのスタンプだ。

顔が熱くなり、慌てて周囲を確認する。

よかった。俺以外誰もいない。

想いが通じ合って以来、雪代さんはこうやっていつも率直に好意を伝えてきてくれる。

毎回ドキドキさせられるし、なんで俺のことをこんなに好きでいてくれるんだろうと思いもするけれど、それでもうれしい。

雪代さんは、俺の惨《みじ》めな過去ごと受け止めてくれた特別な人だから……。

「気持ちをもらってばかりじゃだめだよな……」

独り言を呟《つぶや》き、メッセージを打ち込む。

——俺も会いたい。さっきまで教室で一緒だったのに変だよね——

もっと気の利《き》いたことを言えたらいいとは思う。

でも残念ながらこれが今の俺の精一杯だ。

雪代さんからはすぐに返信があった。

『同じ気持ちでいてくれるのうれしいな。好きな人とこんなふうに通じ合えるなんて、奇跡みたい……』

雪代さんは多分結構なロマンチストだ。

だって俺なんて多分生きてきた中で、奇跡なんて言葉一度も使ったことがない。

でも俺は雪代さんのそんな一面がかわいくて仕方ないし、こうやってロマンチストの片鱗《へんりん》が顔を覗《のぞ》かせるたび、愛《いと》しくなって口元が緩《ゆる》んでしまう。

「——なんだよ。イケメンは、にやついててもイケメンなのかよ」

苦笑交じりの声を聞き、ハッと我に返る。

振り返った先には、部活用のバッグを抱《かか》えた蓮池千秋《はすいけちあき》の姿があった。

蓮池は俺のクラスメイト且《か》つ、人生で初めてできた友達だ。

短めのスポーツ刈りと、鍛え上げられた体つきが印象的で、シルエットを見ただけで蓮池だとわかる。

「なんかいいことあった？　雪代関係？」

「う、うん、まあ……」

否定をする気はないが、にやついていたところを見られていたなんて恥ずかしすぎる。

「おまえらほんと仲いいよなあ。今も雪代を待ってるんだろ？　今日から二人そろってカフェでバイトだったか」

蓮池の問いに対して頷《うなず》き返す。

『夏休みの間、一緒にバイトしない？』

雪代さんからそう誘われたのは、一週間前のこと。

とくに予定もなかった俺は二つ返事で承諾《しょうだく》した。

バイトには興味があったが、花火《はなび》と付き合っている頃は『絶対にだめ!!』と禁じられていたのだ。

『颯馬《そうま》センパイ、まさかバイトがしたいなんて思ってませんよね？　お小遣《こづか》いで問題なくやりくりできてるのに、バイトをやりたがるとしたら、そんなの下心があるからに決まってるじゃないですかぁ。バイト先で他校の女子や女子大生と知り合いたい、バイトをきっかけに仲良くなりたい——そんな下心がなければ、バイトをしようなんて思うはずないですもん。まさか颯馬センパイ、そんな下心持ってませんよね？　私以外の誰からも相手にしてもらえないくせに、出会いを求めるなんて、世界に対して迷惑すぎるんで。バイトしたがる颯馬センパイは害悪です。死んだほうがましなわけです。というわけで絶対にバイトはだめですから!!』

当時の花火のセリフが蘇《よみがえ》ってくる。

花火のモラハラ言動のすべては、俺への歪《ゆが》んだ愛情から生まれたものだと知った今、あの発言も根底には、独占欲とやきもちがあったのだろうと察せられる。

だからって、花火から向けられた言葉の暴力の数々を許せるわけではないが。

「…………なあ、一ノ瀬。いい機会だから訊《き》いてもいいか？」

「うん？　どうしたの？」

「一ノ瀬と雪代って付き合ってるのか？」

「え？」

少し気まずそうに蓮池が続ける。

「ごめん、一ノ瀬。実はもう一カ月以上気になってて……。おまえのほうから打ち明けられるのを待ってても、全然そういう空気にならないし。よくよく考えたら一ノ瀬も雪代も、付き合ってることを周りに宣言するようなタイプじゃないだろ？　だったらもうこっちから確認するしかないって。余計なお世話なのはわかってるが、二人が付き合ってた場合、少し距離をとって邪魔しないようにする必要があるだろ？」

真面目《まじめ》で友人思いの蓮池は、このことについて恐らく相当考えてくれたのだろう。

それは捲《まく》し立てるような喋《しゃべ》り方からも伝わってきた。

『付き合っていたら距離をとるべき』という発言に関してはよく理解できなかったが、そんなに悩ませていたなんて、と申し訳ない気持ちになる。

とはいえ雪代さんと付き合ってるかどうか――に対する回答を、俺は持っていない。

「えっと、ごめん、蓮池。雪代さんに確認してから答えるでもいい？」

そう伝えると、蓮池は慌てて手を左右に振った。

「いや、こっちこそ悪かった！　そうだよな!?　相手の許可もなく、付き合ってることをベラベラ喋れないもんな!?」

「ああ、うん。それもあるけど、雪代さんと俺ってどういう関係なのか話したことがなくて……」

「……は!?　え!?　ま、まさか……付き合おうってやりとりをしないまま一緒にいるのか!?

よく雪代に怒られないな!?」

怒られる?

きょとんした顔になってしまったのだろう。

蓮池は信じられないというように、額《ひたい》に手を当てた。

「ありえないだろ……。付き合おうとも言わず、なあなあな関係を続けたりしたら、普通女の子はめちゃくちゃ怒るはずだ……。言葉で安心させる努力をしないなんて、ご法度《はっと》だろ……」

「そ、そういうものなの?」

蓮池があまりに深刻な態度なので、だんだん心配になってきた。

恋愛に関して俺の知識はかなり乏《とぼ》しい。

付き合った相手は花火一人だし。

しかもその少ない恋愛経験が、モラハラ彼女からひたすら精神攻撃を食らい続けるというものだったのだ。

花火の場合、俺が口を開くほど機嫌が悪くなることがほとんどだったので、俺は極力言葉数を減らすよう努力していた。

まあでも花火との関係は真っ当なものではなかったので、なんの参考にもならないだろう。

「俺は一ノ瀬も雪代のことを好きだと思ってたんだが……もしかして雪代から一方的に好かれ

てるだけなのか？　恋愛相手として雪代のことを見れないとか……？」

「まさかありえないよ……！　雪代さんはすごく魅力的な人だし……!!」

「だったらなんで付き合わないんだ」

すぐには言葉が出てこない。

なぜなら自分の中に答えがないからだ。

雪代さんと付き合うなんて、想像したこともなかった。

だって好きな人——雪代さんの傍《そば》にいられるだけで本当に幸せだし、俺は十分満足だったのだ。

思ったことをそのまま伝えると、蓮池は口をぽかんと開けてしまった。

「いや相手はアイドルじゃないんだぞ!?　想えるだけで満足って……なんで関係の進展を望まない!?　普通は自然とそういう発想になるだろ!?」

「そうなの……？　だけど……俺が雪代さんと付き合うなんて、そんなのおこがましいよ」

「はあ!?」

何を言っているんだという顔で蓮池が声を上げる。

「おこがましいって……なんでそんな考えになるんだよ……!?」

「それは……」

不意に花火に言われたあるセリフが蘇ってくる。

『颯馬センパイの彼女になる人なんて世界中探しても他にはいないんで。だって颯馬センパイみたいに何の役にも立たない無価値な人間と、付き合いたいなんて思うわけないですもん。自分の日常生活について回る足手まといを飼うみたいなものなんで。そのことをちゃーんと覚えておいてくださいね？』

花火のモラハラ発言を真に受ける必要なんてないし、そんなものに囚《とら》われていたらまともに生きていけない。

頭ではそうわかっている。

でも残念ながら洗脳のような形で植えつけられたひどい言葉の数々は、今でもまだ俺の心に影を落としているようだ。

「……それはきっと花火とのことがあったからだ」

そう口にした途端、蓮池の表情が変わった。

かつて花火との間にあったモラハラ関係について、蓮池には林間学校の騒動の後に伝えてあった。

雪代さん以外で、花火との関係を打ち明けた唯一《ゆいいつ》の相手だ。

涙もろい蓮池は話を聞いている途中からわんわんと泣きだし、「苦労してきたんだな」と言って、俺のことをめちゃくちゃ強い力で抱きしめてきた。

正直、打ち明ける前はかなり不安だった。

何年もの間、年下の女子からモラハラ被害を受けて、拒絶もできずにいたのだ。

蓮池がその事実を知ったら軽蔑されたり、引かれたりしないだろうか。

そう恐れていた俺は、蓮池の温かい反応に心底救われたのだった。

「……たしかにひどいモラハラを受けてきた過去があれば、今の一ノ瀬みたいな考え方になっても当然だな。気遣いが足りなくてごめん」

「謝らないでくれ、蓮池。俺もこのままじゃだめだって思ってるんだ。本当は今すぐにでも考え方を変えたいくらいなんだけど」

「一ノ瀬のそれはトラウマみたいなもんだからな……。時間をかけて癒《い》やしていくしかないだろう」

そのとおりなのだとは思う。

焦ったってどうにもならない。

とはいえ、この話題の最中に蓮池が口にしたことが引っかかる。

「……さっき蓮池言ったよね。『付き合おうとも言わず、なあなあな関係を続けたりしたら、普通女の子はめちゃくちゃ怒るはずだ』って」

「ああ。でも雪代も一ノ瀬の事情は知ってるわけだし、一ノ瀬に合わせて待っていてくれるはずだ」

それじゃあ自分の気持ちを優先させて、雪代さんを蔑《ないがし》ろにしているのと変わらない。

「なあ、蓮池。雪代さんって俺と付き合いたいって望んでくれていると思う？」

「何をいまさら……。傍《はた》から見ていたってわかる。雪代はおまえのことがかなり好きだ。そんなに強く想っているなら普通は付き合いたいはずだ。付き合ってたって浮気されたり、フラれたりすることももちろんあるが……俺みたいにな……ハハ……。でも付き合っていないときに比べたら、圧倒的な安心感があるだろ？」

「そうなの……？」

「だってそもそも付き合うっていうのは、相手に対して責任を負うっていう意思表示でもあるわけじゃないか。それから自分たち以外の他者に対するメッセージにもなるしな」

「メッセージ？」

「『すでに決まった相手がいるので、新規は募集していません』って意味だ。普通は恋人がいるって聞いた時点で、その相手に対してアプローチしようとは思わないものだ。つまり付き合うという一種の契約を交わすことで、横取りされないという安心感をお互いに与え合えるってことだよ。だから逆に、付き合うのを避けたがるって行動は、他にも相手がいるんじゃないかっていう疑心暗鬼を生んだりもする」

俺は冷や水を浴びせられたような気持ちになった。

雪代さんを好きで、彼女からも同じ気持ちを返してもらっているのに、付き合うという形をとろうとしてこなかった俺って、雪代さんの目にはめちゃくちゃ無責任に映ってるんじゃ……。

「あと部活の仲間とかにこれを言うと、『原始人か』ってよくからかわれるんだけど……。……付き合ってもいない相手に手を出すのって、男としてなしじゃないか……？　好きだのなんだの言っても、結局は責任を一切負わずに、欲望を満たすためだけに利用した……みたいな気がしちゃうんだよな……」

「た、たしかに……」

血の気《け》がどんどん引いていく。

雪代さんとはまだ手を握り合ったことしかないけれど、程度の問題じゃない。

そもそも付き合うという形をとってもいないのに、相手の好意を受け入れたり、自分の好意を伝えたりしていることすら、ひどい行いに思えてきた。

俺は分《ぶ》をわきまえているつもりになっていたけど、実際は自分のことしか考えていない身勝手野郎なだけだった。

俺は雪代さんが好きだ。

だから彼女に対して何らかの責任を果たせるのなら、喜んでそうしたい。

雪代さんが受け入れてくれるかはわからないけれど、おこがましいなんて言っていられない。

付き合ってくださいと頼んでみよう……!!

「ありがとう蓮池。目が覚めたよ。俺、ちゃんとするから!!」

「そうか！　雪代は一ノ瀬のことが好きだし、一ノ瀬だって承知しているはずだ。もしおまえが雪代をちゃんと大切に想ってるのなら、雪代が付き合うことに対してどう思っているかを確認したほうがいい。言葉足らずで恋人を不安にさせるのって、俺が浮気された理由のひとつでもあったから。一ノ瀬には同じ轍《てつ》を踏んでほしくないんだ」

まだ俺と蓮池が友達になる前。

蓮池は、陸上部のエースだった桐ケ谷《きりがや》に、彼女を横取りされてしまったらしい。

その失恋から半年。

蓮池はことあるごとに「もう立ち直った」と口にするが、傍から見ている限り、蓮池が心に負った傷は完全には治っていなさそうだった。

今も元カノの話題を出した途端、表情が強張《こわば》ったくらいだし……。

蓮池は元カノにまだ未練があるのかもしれない。

「って、俺のことはどうでもいいよな……！　とにかくおまえと雪代にはうまくいってほしくて――……」

俺の肩を叩きながら無理に笑っていた蓮池の表情が、突然凍りつく。

「蓮池、どうした?」

一点を見つめたまま動かなくなった蓮池を不思議に思いながら、背後を振り返る。

蓮池の視線の先にいたのは、別のクラスの女子生徒だった。

その女子生徒は、蓮池と俺の視線に気づいたらしく、緩慢《かんまん》な動きでこちらを見た。

一瞬大きく目が見開かれて、それからなんとも言えない微笑みが彼女の顔に浮かんだ。

「千秋」

明らかに他人に向けるものではない声で、彼女が蓮池を呼ぶ。

それも下の名前を。

「……綾菜《あやな》」

地蔵のように固まったままの蓮池の口から零《こぼ》れ落ちたその名前を聞いた瞬間、思わず「えっ」と声を上げそうになった。

彼女が誰なのか理解できたからだ。

彼女は櫻井《さくらい》綾菜。

桐ケ谷に乗り換えるため、蓮池を振った元カノだ。

控えめな茶色に染めた髪は、緩めのツインテールに結び、りぼんで飾っている。

開いた襟《えり》から覗いたハート形のネックレス、手首に巻かれたシュシュ。

硬派な印象を与える蓮池の元カノとは思えないぐらい、派手な雰囲気の女の子だ。

信じられないことに、櫻井綾菜はそのまま立ち去らず、こちらに向かって歩み寄ってきた。

戸惑《とまど》いながら蓮池を確認すると、蓮池は呆然としたまま固まっている。

櫻井綾菜は俺にチラッと視線を向けてから、上目遣《うわめづか》いで蓮池を見上げた。

「千秋、久しぶり……。元気だった……？」

「……」

蓮池は黙ったままだ。

しかし蓮池の表情には、少しずつ拒絶の色が滲《にじ》みはじめている。

「……怒ってる、よね……？　……綾が馬鹿なことをしちゃったから……。でも綾ずっと後悔してたの……。ごめんね、千秋……。ね、もう一度だけ綾にチャンスをもらえないかな？」

「……は？」

蓮池が絞り出したような声で訊き返す。

まさかのよりを戻したい宣言だ！

俺はかなり驚いて、蓮池と櫻井綾菜を交互に見比べた。

って、このまま二人のやりとりを聞いているわけにはいかないよな……。

俺は慌てて教室に引き返そうとしたが、それより早く蓮池が行動に出た。

「チャンスって……いまさら何言ってんだよ。自分が振ったくせに、もう遅い……」

そう言い返した蓮池は、そのまま外へ飛び出していってしまった。

櫻井綾菜は、蓮池が出ていった方向を数秒見つめた後すすり泣きをはじめた。

「ひっく……ひく……。……ねえ、一ノ瀬くん……。千秋、綾のこともう嫌いになっちゃったのかな……？」

突然話しかけられて戸惑う。

なぜ櫻井綾菜は俺の名前を知っているのだろう。

最近蓮池と親しくしているからだろうが、それは蓮池が櫻井綾菜と別れた後だ。

櫻井綾菜は別れてからも、蓮池に関心を寄せていたのだろうか？

「あんなふうに冷たくされるなんて信じられない……。綾、そんなに怒らせることしたつもりないよ……」

か弱いウサギを彷彿《ほうふつ》とさせる表情で、綾菜がわかりやすく萎《しお》れる。

蓮池をとことん傷つけておいてこの言い草……。

初対面の相手だけど、黙ってはいられない。

「別の男に乗り換えるために蓮池を振ったのに……？」

静かな口調で俺がそう指摘すると、櫻井綾菜の口元が微《かす》かに引き攣《つ》った。

寄りを戻したいと言いだした時点で違和感を覚えてはいたが、櫻井綾菜には関わらないほうがよさそうだ。

軽く頭を下げて、今度こそ本当に教室へ引き返そうとした。

ところが――。

背を向けた俺の服を、櫻井綾菜がくんと摑んできた。

反射的に振り返ると、つま先がぶつかりそうなくらい近くに立った櫻井綾菜が、潤《うる》んだ瞳で俺を見上げてきた。

「待って、一ノ瀬くん……。今は一人になりたくないの……」

シャツを摘《つ》まんでいた櫻井綾菜の指が、俺の腕に移動する。

「綾、すごく傷ついて……。……だから少しだけ一緒にいて……？」

素肌に触れながら、涙目でこういうことを言えば、どんな男でも喜ぶ。

櫻井綾菜はそう思い込んでいるらしい。

「……」

蓮池には悪いが、櫻井綾菜は〝ない〟。

性格はまったく違うが、櫻井綾菜からは花火と同じ匂いがする。

つまり『関わってはいけない最悪な女』の匂いだ。

「悪いけど放してくれる？」

世間話でもするような調子でそう伝える。

それに対して櫻井綾菜は無邪気な顔で尋《たず》ね返してきた。

「どうして？」

まだ手を放そうとはしない。

過度に冷たくするつもりはないが、優しくする理由もない。

俺は小さく溜め息を吐《つ》くと、櫻井綾菜の腕を掴んでどけた。

「こういうことはやめたほうがいいと思う。今の時代だと、女から男に触れるのだって、相手が嫌がっていたらセクハラになるから」

「……えっ」

櫻井綾菜にとっては予想外の展開だったらしく、口がぽかんと開いている。

「セクハラって……綾に触れてもらうの嫌だったたってこと……？」

「そう」

「あ、ありえないよ……!?　だって綾、こんなにかわいいんだよ……!?　そうでしょ!?」

変な勘違いをされると嫌なので、この相手に対しては正直に伝えることにする。

「美醜《びしゅう》の感覚って人それぞれだけど、俺は君の容姿は普通だと思う。でも見た目はどうでもよくて、君に触れられたくないのは、君の行動に引いたからだ。蓮池によりを戻してほしいって言った直後に、別の男に慰《なぐさ》めを求めるなんて、人として終わってる」

俺のほうはこれで会話を切り上げようとしたが、櫻井綾菜は悔しそうに唇を噛みしめると、俺の前に立ちはだかってきた。

花火もそうだったが、相当しつこい性格らしい。

「か、かわいい子は何しても許されるんだもん……」

「何しても許されるほどかわいくないよ」

「……!?」

櫻井綾菜が言葉を失う。

どうやら今の言葉が決定打になったようだ。

櫻井綾菜は呆然としたまま脇にどいた。

ようやく解放された俺は、櫻井綾菜の横をすり抜け、雪代さんがいるはずの教室を目指した。

◇◇◇

「わあ⁉　一ノ瀬くん⁉」

教室の扉を開けたところで、いきなり雪代さんと鉢合わせした。

もう少しでぶつかる寸前だった俺たちは、反射的にパッと距離を取った。

雪代さんの動きに合わせて、彼女の柔らかい髪が肩の上でふわりと躍《おど》る。

眼鏡の奥の優しげな瞳は、驚きのせいでいつも以上に大きくなっている。

「雪代さん、ごめん……！　びっくりさせちゃって……！」

「ううん、大丈夫……！」

さっきの蓮池との会話があったせいで、ものすごく照れくさい。

もともと赤面しやすい雪代さんも、頬を桃色に染めている。

「それより私のほうこそごめんね……！　日直の仕事手間取っちゃって。待たせすぎちゃったよね……！」

まだ恥ずかしそうにしながら、雪代さんが謝ってくる。

どうやら痺《しび》れを切らした俺が、教室まで様子を見に来たと勘違いしているみたいだ。

「実は昇降口で蓮池と話してたら、蓮池の元カノと遭遇して――……」

　元カノの櫻井綾菜がよりを戻したがったこと、蓮池が拒絶の言葉を残して逃げるように立ち去ったことを伝える。

「それで蓮池の元カノと二人きりになるのは気まずいから、教室に戻ってきたんだ」

「……そっか。そんなことがあったんだ」

　櫻井綾菜が俺に対して取った行動については、意図的に省《はぶ》いた。

　雪代さんは信じられないことに、俺を好いていてくれている。

　だからさっきのことを知れば、嫌な気持ちになるだろう。

　そんなことは避けたい。

　雪代さんにはできるだけ笑顔でいてほしいし、平和で幸福な日々を過ごしてほしいとも願っている。

　それに櫻井綾菜は俺に言い寄ってきたわけではない。

　蓮池に拒絶されて傷ついたプライドを癒やすのに、たまたまそこにいた俺を利用しようとしただけだ。

　きっぱり断ったし、どうせ二度と関わることはない。

「でも蓮池くんがすぐに拒否したのは、少し意外かも……」

「もしかして雪代さんも、蓮池は元カノに未練があるって思ってた?」

雪代さんがこくりと頷く。

「円満に別れたってわけじゃないから、吹っ切るのが難しいのかもって感じることがあって……」

蓮池はたしかに櫻井綾菜を拒絶したが、冷静な態度ではなかった。

それに断ったからといって、蓮池の中に櫻井綾菜への未練が残っていないとは限らない。

「少し心配だから、後で蓮池に電話をかけてみるよ」

俺がそう言うと、雪代さんは安心したように微笑んだ。

「連絡を入れるのは夜になっちゃうだろうけど」

蓮池はもう部活がはじまっているはずだし、俺と雪代さんにもこの後バイトの予定がある。

「って、もう三時半だ! 今日から行くバイトって四時入りだったよね?」

「あ、ほんと! ごめんね! 私が誘ったのにぼんやりしてて……!」

「日直の仕事はもう全部終わった?」

「うん! あとは職員室に日誌を持っていくだけ」

バイト先の駅前のカフェまでは歩いて十五分。

職員室に寄っていっても、遅れる心配はない。

……でもさすがに『付き合ってほしい』と伝える余裕はなさそうだ。

気が急《せ》くあまり、バイトに向かう道中でやっつけ仕事のように済ませるのは、いくらなんでもありえないだろう。

バイトが終わるのは十九時。

雪代さんに予定がなければ、その後少し時間をもらおう。

第二話　男だって誰でもいいってわけじゃない

俺と雪代《ゆきしろ》さんは、無事十分前にはバイト先のカフェに辿《たど》り着くことができた。

カフェの名前は【ｍｏｃａｊｏ《モカジョー》】。

モカ推しのオーナー丈《じょー》さんが経営するオシャレな店だ。

カフェにもかかわらず安価でおいしい料理を提供することから、【ｍｏｃａｊｏ】はいつでも若い客で賑《にぎ》わっている。

俺も花火《はなび》に連れられて何度か足を運んだことがあった。

支給された制服に着替え、男性用更衣室を出ると、ちょうど同じタイミングで女性用更衣室の中から雪代さんが姿を現した。

シャツにエプロン、後ろで一つに束ねられた髪という姿が新鮮だ。

雪代さんも同じことを思ったのか、俺のことをじっと見つめてきた。

「……エプロン姿の一ノ瀬《いちのせ》くん、素敵……」

雪代さんが独り言のような声量で、ポロッとそんな言葉を呟《つぶや》く。

「あ、えっと、あ、りがとう」

「わっ……!? やだ、私、口に出してた……!?」

どうやら心の声を無意識に発してしまったらしい。

二人同時に顔が赤くなる。

「おっ。二人とも着替え終わったか。んじゃ、指導役の子を紹介するよ」

絶妙なタイミングでオーナーが声をかけてくれたので、俺たちはいそいそとオーナーのもとへ向かった。

オーナーの丈さんは三十代半ば。

綺麗に髭《ひげ》を整えたおしゃれな男性なのに、気さくに接してくれてとても話しやすい。

実を言うと、オーナーと言葉を交わす前の俺は、かなりの不安を感じていた。

おしゃれさとは無縁の人生を送ってきたので、カフェのバイトなんか勤まるかなと思ったのだ。

でも親戚のお兄さんのような態度で接してくれたオーナーのおかげで、だいぶリラックスできた。

自分にない要素なので、こういうコミュニケーション能力が高い人にはものすごく憧《あこが》れる。

オーナーのような人は、きっと誰からも好かれるだろう。

ちなみにオーナーはまだ三歳の一人娘を溺愛《できあい》しているらしく、カフェの事務所には娘さんが描いた絵がたくさん飾ってある。

そういう点にも好感が持てた。

「おーい、七緒《ななお》さーん」

バックヤードとキッチンを繋ぐ扉に向かって、オーナーが呼びかける。

七緒さんと呼ばれた人物は、すぐに顔を覗《のぞ》かせた。

「あー！　新人さんたち来たんだ!?」

髪を茶色に染めたショートカットの女の子が、笑顔で駆け寄ってくる。

「一ノ瀬くんと雪代さんのシフトは、当分の間、七緒さんに合わせておいたから。いろいろ教えてもらって」

オーナーの言葉に頷《うなず》くと、彼女は俺たちに笑顔を向けてきた。

「七緒つばさです。二人ともよろしく！」

口調や態度から、かなり快活な人なのだと伝わってくる。

すらりと背が高いこともあり、どことなくボーイッシュな印象を受けた。

「てか女の子が入ってくれたのうれしー！　このお店って、男女比のバランス悪くって！　今なんて女子あたししかいないんだよ。全然力仕事ってわけでもないのに謎すぎ。ね、オーナー？」

「え!?　あ、ああ。そうだね……！」

突然話題を振られたというわけでもないのに、オーナーはやけに慌《あわ》てた反応を返した。

もっともそれは一瞬のことだ。

オーナーはすぐに気さくな笑みを見せると、弁解するように続けた。

「女の子のバイト応募自体はあるんだけど、なぜかみんなすぐ辞《や》めてっちゃうんだよね……。雪代さん、もし何か居づらいと思うようなことがあったら遠慮なく言ってね。必ず対処するから……！」

「は、はい」

雪代さんが戸惑《とまど》いながらも返事をする。

この話題はそれで終わりそうだったので割って入る。

「すみません、辞めてしまうのは女子ばかりなんですか？」

数秒前のオーナーの不自然な態度もあり、俺は少し引っかかりを感じていた。

もしこれが自分だけの問題だったら、そこまで気にしなかっただろう。

しかし今回は雪代さんに関わることである。

「あーいや、男の子だってまったく辞めないわけじゃないよ。そもそも学生バイトさん自体、長期で働いてくれる子って少ないし。なんかごめんね。初日から不安になるようなこと言っちゃって。僕が見てる限り、今のバイトの子たちはみんな和気あいあいとやってるから」

今のという言葉を耳にして、違和感がさらに強くなる。

「うんうん。いじめや嫌がらせなんて一切ないし、キモいセクハラ野郎とかもいないから安心して！」

オーナーと七緒つばさは申し訳なさそうな態度でそう伝えてきた。

そんな二人に対して、雪代さんは微笑みながら頷き返してる。

俺は正直まだ納得していない。

女子バイトが長続きしないのなら、オーナーと七緒つばさが把握できていないだけで何らかの原因があるはずだ。

ただ雪代さんは気にしていなさそうだし、現段階で騒ぎ立てたりしたら、かえって雪代さんの迷惑になってしまう。

雪代さんはこのカフェでどうしても働きたかったみたいだし……。

幸いオーナーは、俺と雪代さんのシフトを同日に合わせてくれた。

警戒するにこしたことはないし、できるだけ雪代さんのことを気にかけて行動したい。

心配しすぎなのかもしれないが、何かあってから後悔するよりはましだ。

◇◇◇

「まずはソフトドリンク関係から教えていくね。新人さんはホールとソフトドリンクの用意を担当することになるんだ」

七緒つばさに連れられて、事務所から店内へ移動する。

キッチンでは数人の男性が働いていた。

シェフとシェフのアシスタントが二人。

彼らはバイトではなく正社員で、全員三十代前半らしい。

七緒つばさの紹介で簡単な挨拶《あいさつ》をしたが、シェフたちはオーダーに対応中だったため、詳しい自己紹介は営業後に改めてということになった。

カウンター裏で行うドリンクの用意はそんなに難しくなかった。

ドリンクの種類は豊富なものの、どのグラスにどのドリンクを入れるかはマニュアルを記した用紙が棚の壁に貼られているし、戸惑う要素はない。

「二人ともいいじゃん！　作業が速くて正確だし！　これは有能な人材が入ってきたなあ」

俺たちの手元を覗き込んでいた七緒つばさは、ドリンクが完成するたびそんなことを言って褒《ほ》めてくれた。

氷を入れて、シロップを量り、炭酸とかき混ぜるだけの作業だ。

それを行ったぐらいで有能扱いは、さすがに持ち上げすぎだ。

「って二人ともあたしが大げさに褒めてると思ってるでしょー！　でもそんなことないんだなーこれが。たかがドリンクってなるじゃん？　ところがこれでカフェのバイトの適性が、結構しっかりわかっちゃうんだよ。雑な子はシロップの量り方がすごく適当だし、グラスの外側にシロップがついても気にしなかったりするから。逆に慎重すぎてシロップを量るのにすっごく時間がかかっちゃう子もいるの。混んでる日のホール担当者は、お客さんの気持ちを考えながらスピーディー且《か》つ慎重に仕事をこなさないといけないからさ。雑だったりのんびり屋だったりすると不向きなわけ。その点二人は、器用で気配りもばっちりだから、すごくいいと思う！カフェの仕事絶対向いてるよ！」

「あ、ありがとうございます……」

雪代さんが照れながらお礼を伝える。

「あはは、敬語なんて使わなくていいよー。二人ってたしか高二でしょ？　あたしも同い年だから。今はあたしのほうが仕事内容を知ってるから教えてるだけで、バイトに先輩も後輩もないじゃん？　仲間だって思ってくれたほうがあたしもやりやすいし！　ってことで二人のことは史《ふみ》と颯馬《そうま》って呼んでいい？　あたしのこともつばさでいいよ！」

下の名前で呼ばれることは構わない。

しかしこちらが七緒つばさのことを同じように呼ぶのは抵抗があった。

雪代さんのことだって、未《いま》だに苗字にさん付けだし……。

そもそも花火以外の女子を、下の名前で呼んだことなんて一度もないのだ。

「ドリンクはひとまず問題なさそうだから、ホールの仕事説明に移るよ！」

名前の呼び方について俺たちが返事をする間もなく、七緒つばさが次の話題に移る。

結構マイペースなタイプなのかもしれない。

さりげなく雪代さんに視線を向けると、うれしそうに七緒つばさの話を聞いている。

明るくて、人当たりがよく、ざっくばらんな感じで喋《しゃべ》ってくれる七緒つばさに対して、雪代さんが好意を抱いているのは間違いない。

他のバイトの人たち——全員大学生くらいの若い男性なのだが、彼らも全員七緒つばさに対して親しみを感じているようだった。

◇◇◇

ホールの仕事を一通り教わったので、実際にお客さん相手の接客もさせてもらうことになった。

緊張はもちろんあったが、働くことは新鮮だし、純粋に楽しい。

バイトに誘ってくれた雪代さんには、感謝の気持ちしかない。

未知の世界に出ていって、初めての経験をする喜びを知ることができたのも、雪代さんのおかげだ。

そんなこんなで時間は瞬《また》く間に過ぎていき——。

十九時。

俺と雪代さんがバイトを上がる時間がやってきた。

お店自体の営業は二十三時までなので、他の人たちはまだ働いている。

キッチンのシェフたちも相変わらず忙しそうだったから、こちらの仕事が終わった後、改めてするはずだった自己紹介はまたの機会にさせてもらった。

十九時半。

初日のバイトがどうだったかということについてオーナーと意見を交換してから、着替えを済ませ、雪代さんと店の外に出る。

「史、颯馬、おつかれ！　あたしももう上がりだから一緒に帰ろ！」

店の外で壁にもたれていた七緒つばさが、俺たちに気づいて体を起こす。

どうやら俺たちのことを待っていたらしい。

七緒つばさは、手にしていたスマホをしまいながら雪代さんの隣に並んだ。

自然と三人で帰る流れになる。

残念ながら今日はもう雪代さんに告白できそうにない。

「ね、うちのカフェ、別に働きにくくなかったでしょ？　バイトがはじまる前にあたしが変なこと言っちゃったから、二人が辞めたくなってないか心配だったんだよ」

「あの、えっと、七緒さんも皆さんもよくしてくださったので、働きやすかったです」

雪代さんが気を遣《つか》いながら答える。

「もー！　つばさでいいってば！　それに敬語もなしなし！　ほら、試しに呼んでみ？」

「……つ、つばさ……ちゃん？」

「うーん。『ちゃん』付けで呼ばれるようなキャラじゃないけど、ギリ合格！」

それからはバイトの内容について七緒つばさが喋って、俺と雪代さんが相槌《あいづち》を打つという形での会話が続いた。

初対面の相手に対して、これだけ喋れるなんてすごい。

バイトの指導役として歩み寄ろうとしてくれているのかもしれないが、逆の立場だったら絶対に真似できなかっただろう。

駅に着き、電車に乗ってからも、七緒つばさ主導の雑談は途絶えることなく、やがて電車は雪代さんが降りる駅に辿り着いた。

「そっか、史が一番先に降りちゃうんだ？　史、おつかれ！　またバイトでね！」

「雪代さん、おつかれさま。家に着いたらメールして」

日が伸びて外はまだ明るいけれど、それでも心配なので一声かける。

雪代さんは少し頬を染めて頷くと、俺と七緒つばさに手を振ってから電車を降りていった。

「颯馬はどこで降りるの？」

「俺は朝日町《あさひちょう》」

「あ、じゃあ隣の駅だ。てかまだ十五分は乗らなきゃだし座ろうよ。行こ」

空席を指さしながら、七緒つばさが俺の腕に触れてくる。

それはほんの一瞬のことで、すぐに彼女の指は離れていた。

でも七緒つばさは席に座るときも、腕や足がくっつくほど近くに寄ってきた。

心の奥が微《かす》かにざわつく。

ぎちぎちに座らなければいけないほどスペースが空いてないわけではなかった。実際右隣は三人分ほど空席だったので、俺はさりげなさを装《よそお》いながら少しだけ体を離した。

ところが——。

話に夢中だからか、七緒つばさは楽しそうに笑うたび、毎回、体を押しつけてきた。

俺が何か発言するたび、「もうー！」などと言って、腕に手を添えたりもする。

人見知りではなさそうだし、七緒つばさは人との距離が極端に近いタイプなのかもしれない。

そこでふと違和感を覚えた。

……誰に対しても無意識に距離が近いのなら、雪代さんにだって触れにいったはずじゃないか？

今日一日見ていたが、俺が把握している限り、そんな場面はなかった。

そもそも電車で二人きりになるまで、七緒つばさは俺にだって一度も触ってこなかった。

「……」

「颯馬？　ぼーっとしてどうしたの？」

尋《たず》ねながら七緒つばさが俺の太ももに手を置く。

腕に触れられたときや、ぴったりと密着されたときに感じた、もやっとした感情の正体がようやくわかった。

俺、不快なんだ。

そう思った途端、蓮池《はすいけ》の元カノである櫻井綾菜《さくらいあやな》とのやりとりが蘇《よみがえ》ってきた。

櫻井綾菜と七緒つばさ。

性格も雰囲気もまったく異なる二人が、自分の中で重なる。

どちらも『自分が触れることを嫌がる男なんていない』と思い込んでいるタイプなのだ。

「悪いけど、べたべた触られるの苦手なんで、手をどけてほしい」

七緒つばさの顔を真っ直ぐに見て伝える。

七緒つばさは束《つか》の間目を丸くした後、あはっと笑い声を上げた。

「ごめん、ごめん！　あたしっていつもこうなんだよねー。サバサバしてる性格なせいか、女子より男子のほうが接しやすくて。同性の友達みたいな感覚で距離感バグっちゃうの。意識してやってるわけじゃないから、颯馬もあたしのこと女として見ないでいいよー」

ね？　と言って、また肩を叩いてくる。

こちらの言いたいことをまったく理解していない。

いや、違う。

都合のいいように解釈したんだ。

第三話　自称サバサバ系女子

翌日。

今日こそは雪代《ゆきしろ》さんに付き合ってほしいと伝えたい。

放課後にバイトはあるが、雪代さんが日直なのは昨日だけなので、少し話すくらいの時間はあるはずだ。

そんなことを考えながら登校すると——。

「え？」

校門の前で信じられない光景を目にした。

俺の声が聞こえたのか、視線の先にいた蓮池《はすいけ》が振り返る。

その隣にいるのは櫻井綾菜《さくらいあやな》だ。

櫻井綾菜は蓮池にぴったりと寄り添い、蓮池の腕に指を絡《から》めている。

昨日までとは二人の関係性が明らかに変わっていた。

「あ……一ノ瀬《いちのせ》……。お、はよ……」

ほとんど消え入りそうな声で蓮池が呟《つぶや》く。

「……じゃ、教室で……」

そわそわした態度でそう言うと、蓮池は逃げるように背を向けてしまった。

まるで俺が言葉を発するのを恐れているかのような態度だ。

櫻井綾菜のほうは俺に向かってわざわざ満足げな笑みを見せてから、蓮池とともに去っていった。

「……」

今見た光景をなかなか理解できない。

蓮池は昨日、櫻井綾菜のことを拒《こば》んでいた。

でもああやって一緒にいたのだから、よりを戻したということになる。

蓮池が微塵《みじん》も幸せそうに見えなかったことが引っかかる。

死人のような顔色と、目の下にできたクマ、あの後ろめたそうな表情……。

「大丈夫かな、蓮池……」

櫻井綾菜に対してあまりいい印象を抱いていないから、どうしても心配になってくる。

恋愛は二人の間の問題だし、他者が余計な口出しなどするべきではない。

そんなことは百も承知だ。

ただ俺が花火《はなび》と二人だけの閉鎖的な関係性の中で、ひどい状況に陥《おちい》っていったから、何もせず見守るのが本当に正しいのかわからなかった。

実を言うと昨日の夜、電話をかけてはみたのだが蓮池は出なかった。

忙しかっただけなのかもしれないけれど、少し気にはなっている。

とにかく一度、蓮池と話してみよう。

そう決めた俺は、休み時間や昼休みに蓮池のところへ行ってみた。

ところがなぜか蓮池は、授業が終わると同時に教室を飛び出していってしまい、全然捕まえることができなかった。

慌《あわ》てて向かう先があるのか。

それとも俺を避けているのか。

答えは直接蓮池に訊《き》くしかない。

今日、蓮池と話ができるチャンスは、この授業の後、蓮池の部活がはじまるまでの間しかない。

ところが授業が終わるのと同時に、蓮池はまたもや猛スピードで教室を飛び出していってしまった。

俺も蓮池を追って廊下に出る。

「待って、蓮池！　話があるんだ！」

走りながら声をかける。

しかし蓮池は止まってくれない。

俺の声が届いていないわけはないので、その行動によって俺を避けているのだとわかった。

追いかけるのをやめるべきか。

そう思ったときには、蓮池のことを追い越していた。

「……相変わらず化け物みたいな速さだな」

息を切らしながら立ち止まった蓮池が、複雑そうな顔で呟く。

俺が蓮池のことを簡単に追い抜くことができたのは、蓮池が本調子ではなかったからだ。

「蓮池、寝不足で体に力が入らなかったんじゃない？」

「……」

朝、校門の前で見かけたときと同じように、蓮池が視線を逸《そ》らす。

「蓮池が眠れなかったのって、櫻井さんが原因？　櫻井さんとよりを戻すことにしたの？」

「……一ノ瀬には関わらせないから」

「え？」

「……いや……それだけじゃない……。最低な女なのに俺はまだ……」

「蓮池？」

「……馬鹿な男だと思うよな」

自嘲《じちょう》するような態度と言葉に驚く。

今どき珍しい熱血漢で、友情に篤《あつ》く、涙もろい蓮池。

こんな卑屈な態度は蓮池らしくない。

「蓮池、俺はそんなこと思ってな――」

「いいんだ！　自分が一番わかってるから！　他の男に目移りして、乗り換えた女だぞ。プライドがないのかって言いたくなるだろ……？　ああ、そうさ。どうせ俺はプライドのない未練タラタラのチョロ男《お》だよーッ!!」

「蓮池……!?」

絶叫して走り去った蓮池の背に呼びかける。

もちろん蓮池が振り返ることはなかった。

「……ほとんど会話にならなかったな」

得られた情報もほんのわずか。

蓮池が櫻井綾菜とよりを戻したのが確定したこと。

蓮池本人は、その選択をした自分を恥じていること。

俺も蓮池の選択に批判的だと思い込んでいること。

「……なんだか明らかに辛《つら》そうだし、相談に乗れたらいいと思ったんだけどな」

蓮池と雪代さんは、俺にとって初めてできた大切な友達だから、少しでも力になりたかったのだ。

「でもあの感じだと、蓮池は放っておいてほしいんだろうな……」

もう少し日が経《た》って、二人がよりを戻したことを俺が非難しているわけじゃないとわかれば、自然と誤解も解けるだろう。

蓮池が走り去った廊下を見つめながらそう考えていると、ポケットの中のスマホからアラーム音が鳴り響いた。

バイトに向かう時間だ。

それとほぼ同時に、雪代さんからどこにいるのか確認するメッセージが届いた。

雪代さんと合流して、そろそろバイト先へ向かわなければいけない。

バイトの開始時間まで三十分。

昨日とまったく同じ状況だ。

告白はまた持ち越しになってしまった。

◇◇◇

「――でね、昨日すごく楽しかったから、バイトが被《かぶ》る日は毎回一緒に帰りたいって言ってくれて。一ノ瀬くん、大丈夫？」

バイト先のカフェｍｏｃａｊｏ《モカジョー》へ向かう途中、信号待ちをしている間に雪代さんからそう尋《たず》ねられた。

俺たちと一緒に帰りたいと望んでいる相手は、もちろん七緒《ななお》つばさだ。

雪代さんによると、七緒つばさは家に帰るなり、雪代さんにメッセージを送ってきたのだという。

「そのまま寝るまでメッセージのやりとりが続いて……。私なんて全然面白い返事ができるタイプじゃないのに、つばさちゃんは気が合うって感じてくれたみたいで……」

雪代さんがすごくうれしそうに微笑む。

「今まで言ったことなかったよね？　私ね、家族の都合で何度か転校してるんだけど、自分が内気だったこともあって、これまで上手に友達が作れなかったの」

たしかに俺が知っている限り、雪代さんはいつも一人で本を読んでいて、クラスの女子たちとも積極的に絡んだりしない。

「だからつばさちゃんと仲良くなれたらいいなあって思ってるんだ」

恥ずかしそうにぎゅっと目を瞑りながら、一世一代の想いを告げるように雪代さんが言う。

雪代さんにとって、友達がほしいと望むことは、ものすごく大きな願いで、口にするだけでも勇気がいるようなことだったのだろう。

そのいじらしさが愛《いと》しくて、思わず雪代さんのことを見つめてしまった。

俺の視線に気づき、雪代さんの顔がますます赤くなる。

──彼女になってほしい。

その言葉が自然と口をついて出ようとしたそのとき。

「史《ふみ》ー！　颯馬《そうま》ー！　やほやほー！」

名前を呼ばれて振り返ると、横断歩道の向こうで七緒つばさが大きく手を振っていた。

◇◇◇

初めて同性の友達ができるかもしれない。

そう期待して心をときめかせている雪代さんはすごくかわいいし、何とかその希望を叶《かな》えてあげたいとは思う。

問題は、雪代さんが友人になりたいと望んでいる相手だ。

「触れられるの苦手だからやめてほしいって伝えたよね……？」

「あはは！　だーかーらー、あたしのこと女だと思わなくていいってば！」

その日の帰り道。

雪代さんが最寄《もよ》り駅で降りた途端、七緒つばさは昨日と同じように、俺の隣にぴったりとくっついてきた。

昨夜の一件で七緒つばさを警戒していた俺は、席に座るのを拒んで、扉の脇に立つことを選んだ。

でも意味はあまりなかった。

七緒つばさは俺の隣に当然のように並ぶと、腕を摑んできたのだ。

「この位置だと手すりに摑まれないから、颯馬が支えてよ」

「だったら場所を代わるから」

すぐに手すりの傍《そば》を譲ろうとしたが、七緒つばさはサッと行く手を遮《さえぎ》ってきた。

「ねえ、なんであたしと距離を置こうとすんの？　史に何か言われた？」

それまで上機嫌だった七緒つばさが、突然真顔になって俺のことを見上げてくる。

「昨日、史に聞いたんだけど、颯馬と史って別に付き合ってるわけじゃないんでしょ？　それなのに独占欲出してくるのってどうなのかなー。あたしだったらかったるいかな。それが大半の女子の普通だってことはわかるよ？　でもあたしは嫉妬とかめんどくさいタイプだからさー。あたしが男っぽいだけかもしんないけど。よくそう言われるし。おまえ女じゃなくて男だろとかって。そんなのしょっちゅうだもん」

突然自分語りをはじめられて面食らう。

「まあ、自分でも男っぽいって思うから別にいいんだけど！　嫉妬されてめんどくなる男の気持ちすごいわかるし。颯馬にも同情するよ。てかなんならあたしのほうが史より友達として付き合いやすいんじゃない？」

昨日以上にうんざりした気持ちで首を横に振る。

「七緒さん、何が言いたいの？」

冷たい眼差《まなざ》しを向けると、途端に七緒つばさはわざとらしいほどの笑顔を見せた。

「待って待って！　別に史の悪口を言ってるわけじゃないから！　勘違いしないでよ？　あたしって思ったことをそのまま口にしちゃうとこがあって。悪気なんて全然ないから気にしないで。今も颯馬が史のやきもちに振り回されて大変なんじゃないかなーって思っただけだからさ！」

電車が駅に入って止まる。

停止する直前ガタンと車体が揺れたタイミングで、七緒つばさは当たり前のように俺の腕にしがみついてきた。

胸が腕に押しつけられた瞬間、七緒つばさは反応を窺《うかが》うようにチラッと俺を盗み見た。

その行動が、俺にとっての決定打となった。

さすがにもう付き合いきれない。

「勘違いしているみたいだから訂正しておくけど、雪代さんは俺と七緒さんのことをなんとも言ってなかったよ。でも、もし雪代さんがやきもちをやいてくれるなら、すごく愛しいと思うし、大歓迎だ」

俺はそれだけ言い残すと、閉まる直前の扉をすり抜けて、駅のホームへ降り立った。

「えっ⁉　颯馬⁉　降りるのって、この駅じゃないでしょ⁉」

動揺している七緒つばさの目の前で扉が閉まる。

七緒つばさを乗せた電車は、そのままホームを出て走り去っていった。

電車を見送りながら、はぁーっと重い溜め息を零《こぼ》す。

「雪代さん、なんでよりによってあの人と友達になりたいんだ……」

自分だけの問題だったら、七緒つばさとの関わりを徹底的になくせばいいだけだから話は単純だった。

でも今回は雪代さんのことがある。

俺が七緒つばさを苦手だからって、それを雪代さんに押し付けるわけにはいかない。

しかも七緒つばさを疎《うと》ましく思う一番の理由は、ベタベタくっついてくるからというものなのだ。

七緒つばさは雪代さんにはそういうことをしない。

つまり俺と違って雪代さんは七緒つばさとの付き合いの中で、不快に思う要素がないわけである。

俺は七緒つばさの人間性に対しても違和感を覚えているけれど、そういう点はなおのこと雪代さん自身で判断する部分だ。

花火は散々俺の人間関係に口を出してきた。

『玲《れい》ちゃんと喋《しゃべ》っちゃダメだよ、颯馬くん』

『伊織《いおり》ちゃんとおともだちにならないで』

そんなことを言われるのも日常茶飯事だった。

その結果、俺は花火と絶縁するまで、一度も友達ができなかった。

花火の言いなりになって、人間関係を自分の人生から排除してきたことを、俺は後悔している。

だからこそ雪代さんに、七緒つばさとの付き合いをやめるようになんて言えない。

「ひとまず七緒さんと個人的に関わる時間をなくしてみよう」

雪代さんがいない状況で、俺が七緒つばさと接するのは、帰りの電車の中でだけだ。

何か理由をつけて、七緒つばさと雪代さんの二人で帰るようにしてもらえば、回避することができる。

俺は二人きりになったときの七緒つばさの態度に参っているのだから、この方法で状況はかなり改善されるはずだ。

ところが俺が想像していた以上に、七緒つばさという子は厄介な相手だった。

それはかつての花火を想起させるほどで……。

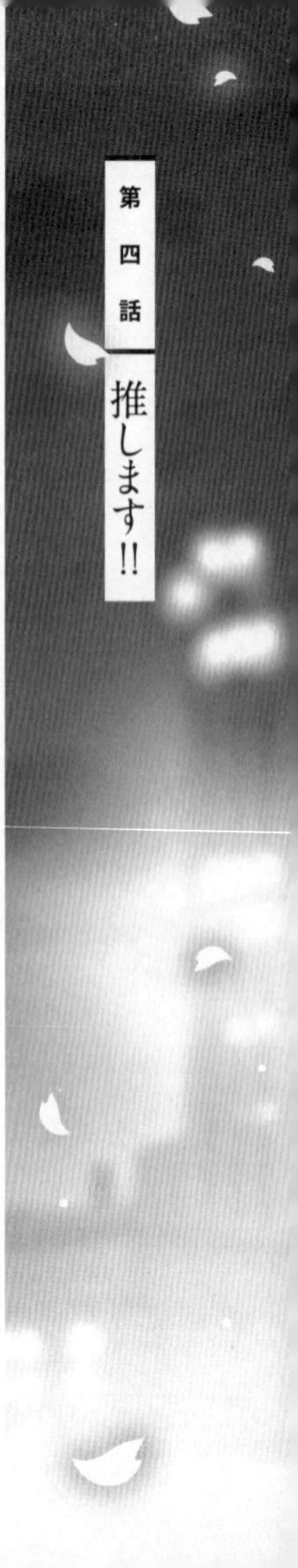

第四話　推します!!

雪代《ゆきしろ》さんと七緒《ななお》つばさ、その二人と一緒に帰るのをやめる。

それですべて解決する。

そう思った俺の見通しは甘すぎた。

しかもこの日、蓮池《はすいけ》に避けられている問題のほうも状況が悪化してしまったのだ。

事の起こりは始業前。

いつもと同じ時間に登校してきた雪代さんに、先に登校していた俺のほうから挨拶《あいさつ》する。

ここまでは普段どおりだった。

ところがいつもなら微笑んで返事をくれる雪代さんが、俯《うつむ》いたまま「おはよう……」と呟《つぶや》いたのだ。

声には明らかに覇気がない。

表情は確認できないけれど、それでも雪代さんに何かあったのは察せられた。

「雪代さん、どうしたの？」

ざわめく教室の中で、雪代さんの変化に気づいているのは俺だけだ。

悪目立ちして雪代さんに迷惑をかけないよう、囁《ささや》くような声で問いかける。

それにもかかわらず、雪代さんはビクッと肩を震わせた。

……何かに怯《おび》えている？

「雪代さん、あの」

どうしたらこっちを見てくれるのだろう。

焦《あせ》りながら声をかけたそのとき――。

「きゃあっ⁉」

突然、女子の悲鳴と、椅子や机をなぎ倒すような音が教室に響いた。

反射的に音のしたほうを振り返る。

視線の先には、大の字になって床に倒れている蓮池の姿があった――。

◇◇◇

蓮池が泡を吹いて倒れた後、教室内は騒然となった。

蓮池自身はすぐに意識を取り戻して、倒れた理由は睡眠不足だから心配ないと言ったが、担任は取り乱さんばかりに心配し、結局蓮池は担任と一緒に病院に寄った後、早退することに決まった。

櫻井綾菜《さくらいあやな》とよりを戻してからの蓮池は顔色がずっと悪いままだったし、いつもぼんやりしていた。

でもまさか倒れるほど体調を崩していたなんて……。

蓮池の言うとおり寝不足が原因だとしても、なぜ倒れるほどの状況になってしまったのだろう。

蓮池は担任に連れられて教室を出ていってしまったので、誰も詳しく話を聞くことはできなかった。

それからすぐに遅れていた数学の授業がスタートした。

俺が再び雪代さんと話せたのは一時間後。

そのときには雪代さんは、いつもどおりの態度に戻っていた。

「雪代さん、朝のことだけど……元気なかったよね？　何かあった？」

「あ、ううん！　ごめんね……！　なんでもないから全然気にしないでね。えっと、そう……！　夢見が悪くて、それに感情を引っ張られちゃったんだと思うんだ」

「……」
雪代さんは不自然なくらい俺から目を逸《そ》らそうとしない。
いつもの雪代さんはすぐに照れてしまって、そわそわと視線を泳がせることが多い。
とくにこんなふうに向き合って喋《しゃべ》っているときは、その態度が顕著《けんちょ》になる。
どうしても違和感が拭《ぬぐ》えなくて、俺は目の前にいる雪代さんをじっと見つめた。
だんだん八の字になっていく雪代さんの眉。
これ以上俺に踏み込まれたくないのかな……。
雪代さんをすごく遠くに感じる。
「それより蓮池くん大丈夫かな……。心配だよね」
雪代さんが蓮池を気にかけているのは、もちろん真実だろう。
でも一刻も早く自分のことから話題を逸らしたかったのも事実のはずだ。
雪代さんは元気がなかった理由を、なんとしても隠したがっている。
……蓮池が俺を避けたときと似ているな。
それを放っておいた結果が、今朝のあの騒ぎだ。
困った。
相手が構わないでほしいと望んでいる場合、どうするべきなのか。

人付き合いの経験が少なすぎて、正解がわからない。

しかも俺がこういう問題を相談できる友人は、蓮池と雪代さんしかいないのだ。

こんな状況じゃ、雪代さんに付き合ってほしいと伝えることもできない。

なんだか見えない力に告白を阻《はば》まれている気すらしてきた。

◇◇◇

俺はその日、午前の間中悩みながら、ほとんど上《うわ》の空で授業を受け、気づいたときには昼休みになっていた。

頭の中は相変わらず、どう行動したらいいのかという悩みでいっぱいだ。

昼食どころではない。

騒がしい教室を出た俺は、校庭の脇にあるベンチの一つに座って、ひたすら考え続けたのだけれど——。

「だめだ……。一人でいくら考えても堂々巡りするだけだ」

花火以外の人間と関わらず生きてきた自分の人生を情けなく思いながら、がくりと項垂《うなだ》れる。

悩んでいる俺の前を、昼休みの解放感を満喫する生徒たちが通り過ぎていく。

無意識のうちに頭を抱《かか》えていたせいで目立ってしまったのか、何度か視線を感じた。

人の目を気にしているほどの余裕もなかったのだ。

「──お。いたいた！　一ノ瀬！」

突然、背後から名前を呼ばれ、驚いて顔を上げる。

そこにはクラスメイトの相原陽太《あいはらようた》と皆口未空《みなぐちみく》の姿があった。

二人はクラスで一番明るい男子と女子という感じで、いわゆる陽キャの権化《ごんげ》だ。

相原は爽《さわ》やかなイケメンでやたら気が回るし、皆口さんは常に笑みを絶やさないムードメーカーなのである。

そんな二人だから、クラスで浮いていた俺が気にかかるらしく、こうしてよく喋りかけてきてくれる。

蓮池と雪代さんを除けば、俺がもっとも話しをするクラスメイトだ。

「どうしたんだよ、こんなところに一人でいて。昼飯は？　ちゃんと食った？」

「いや……」

「だと思った！　ほら一ノ瀬くん。購買で片っ端からパンを買ってきたからね！　どれでも好きなのを選んで。あとここ座らせてもらうね！」

俺の右隣に座った皆口さんが、にこにこしながら両手いっぱいに抱えたパンを差し出してくる。

焼きそばパンに、クリームパンにジャムパン、三食パンに、サンドイッチに……。

本当に購買のパンを一通り買い揃《そろ》えてきたらしい。

さすがに断ることはできなくて、お礼を言って受け取る。

「さ、食べて食べて！」

期待のこもった瞳で見つめられたら逆らえない。

包みを解いて一口頬張ると、皆口さんも相原も満足そうな顔で頷《うなず》いた。

「よし、そのまま食べながら聞いてよ。一ノ瀬、何か悩んでるんだろ？　もしかしたら俺らで力になれることがあるかもしれないし、話してみてくんない？」

「えっと……」

そこそこ話すといっても、相原と皆口さんとは友人と呼び合えるほど距離が近いわけじゃない。

これまでの付き合いで、二人が裏表のない、いい人たちだということは知っている。

でも悩みを相談するとなると、少し抵抗があった。

というか、そもそもどうしてここで思い悩んでることを二人に知られたのだろう？

「なあ、一ノ瀬。蓮池のことで何か問題を抱えてるんじゃないか？　最近前みたいに二人一緒にいないよな。蓮池が今日倒れたのも、寝不足が原因だって言ってたし。蓮池も一ノ瀬もお互いのことで、悩みを抱えてるんじゃないの？　ケンカでもした？」

「ケンカってわけじゃないんだけど……」

俺が迷いつつ言葉を濁すと、相原と皆口さんは顔を見合わせた。

「一ノ瀬くん、ごめんね……！　いきなりこんなふうに踏み込まれたら、うーんってなるよね。無理に話してほしいわけじゃなくてね？　ただ私も相原くんもそれに阿川《あがわ》さんも、一ノ瀬くんのこと本気で心配してて！　興味本位とかじゃないから信じてね！」

なんで阿川さんの名前が今出てくるんだ……？

雪代さんは先月、クラスメイトである大道寺絵利華《だいどうじえりか》の策略で、してもいないいじめの主犯格として告発されてしまった。

雪代さんの濡れ衣《ぎぬ》は晴らせたけれど、その一件以来、大道寺絵利華は学校に登校していない。

今名前が出た阿川未来《みらい》は、その大道寺絵利華の友人で、いじめ偽証事件の際に俺も一度関わりを持ったことがあった。

ひょろりとした背の高い痩《や》せ型の体型をしていて、あまり自分の意見を持っていない子という印象が残っている。

大道寺絵利華と一緒に皆口さんたちの陰口を言っていたこともあるが、阿川未来本人は大道寺絵利華の発言に相槌《あいづち》を打ったり、オウム返しをするだけで、深く考えず他人の意見に合わせているだけという調子だった。

「あの……なんで阿川さんの名前を出したの？」

戸惑《とまど》いながら俺が問いかけると、皆口さんは「びっくりするよね。私もめちゃくちゃ驚いちゃったし！」と言った。

「今まで一度も絡《から》んだことがなかったから、声をかけられたときは「えっ!?」てなって。なんかそういうこと言ってくるタイプじゃなさそうだよね？」

「……？」

皆口さんは感覚で話す子なので、なかなかついていけなくて、きょとんとなってしまう。

そんな俺と皆口さんを見て、相原が苦笑した。

「皆口、ちゃんと何があったのか順序立てて説明しないと。一ノ瀬が理解できないって」

「あっ！　ごめんごめん！　そうだよね!?　実はここで一ノ瀬くんが悩んでるのを見かけたのが阿川さんなの。阿川さんは急いで教室に引き返して、私と相原くんに声をかけてきたんだ。『一ノ瀬くんがすごく悩んでるみたいなので、見に行ってあげてくれませんか？』って」

「え!?」

衝撃のあまり目を見開く。

皆口さんは続けた。

「『私が声をかけても、一ノ瀬くんは迷惑だと思うんで……』なんて言うの、阿川さん」

「……」

「一ノ瀬は優しいから、きっと迷惑だなんて感じないだろうとは思ったんだけど。阿川さんとはほとんど接点がなさそうだったから、あんま迂闊《うかつ》なことも言えなくてさ。それに阿川さんの話を聞いたら、俺たちも一ノ瀬が心配になってきて。だから、じゃあ俺らが見に行ってくるよって話になったんだ」

一応、相原と皆口さんが俺の前に現れた流れは理解できた。

でもなんで阿川未来が俺のことを気にかけてくれたのかは謎のままだ。

その疑問を口にしたら、相原と皆口さんは一瞬の間の後、笑い声を上げた。

「いや、阿川さんの行動はわかりやすすぎだろ！」

「……？　接点ほぼないんだよ？　心配してもらうような間柄じゃないっていうか……」

「それは関係ないよ。人って喋ったこともない相手に一目惚《ひとめぼ》れしたりする生き物だし」

相原の隣で、皆口さんも頷いている。

まさか相原と皆口さんは、阿川未来が俺を好きだとでも思っているのだろうか？

そんなことは絶対にないんだけどな……。

なぜなら俺は、大道寺絵利華の事件の際、証拠を得るために阿川未来を脅《おど》したからだ。

憎まれはしても、好かれるなんてことは確実にあり得ない。

「俺、阿川さんに嫌われてるはずだから」

「……ふーん？　じゃあ阿川さんは、何か企《たくら》みがあって俺たちを呼びに来たってこと？　一ノ瀬が悩んでる姿を俺たちに目撃させることで、一ノ瀬を困らせられると思ったとか？　阿川さん、俺たちに話しかけるとき、緊張しまくって震えていたけど、あれって演技だったのかな。そこまでして俺たちを一ノ瀬のもとに送り込んでも、一ノ瀬にとって嫌がらせになるのか疑問だけど。一ノ瀬は俺たちが来て嫌だった？」

「まさか！」

慌てて首を横に振る。

悩みを打ち明けるか迷いはしたけれど、心配して見に来てくれた相原と皆口さんのことを嫌だなんて思うわけがない。

「俺たちが来たことを一ノ瀬が嫌だと思ってないなら、阿川さんの行動は一ノ瀬にとって、とくにマイナスな要素がないってことにならないか？」

「ねえねえねえ！　相原くんの言ってる内容、難しすぎてチンプンカンプンだよー！　そういう理屈っぽい話じゃなくて、もっと雰囲気で察すればいいんじゃない？　一ノ瀬くんは直接見てないからわからないのもしょうがないけど、私たちを呼びに来たときの態度から、阿川さんの気持ちはばっちり伝わってきたよ。あれは絶対好きな人を心配している顔だった！　以上！反論は認めません！」

にいっと笑って、皆口さんがピースする。

「……一ノ瀬、諦《あきら》めよう。感覚で話す相手に理屈で立ち向かっても意味がない」

そう言って相原が笑う。

相原の言うとおりかもしれない。

それに阿川未来に対する疑問は、どうしても今解決させなければならない問題ではない。

そもそも俺たち三人であれこれ推測したところで、答えが出る話でもなかった。

「話が微妙に逸れちゃったから戻すけど、俺たちはとにかくいつでも一ノ瀬の力になるから。

一ノ瀬が誰かに頼りたくなったら、遠慮せず声をかけてよ」

「待って、相原くん！　そんなこと言って引き下がっちゃったら、一ノ瀬くん、悩みを一人で抱え込んだままになっちゃうよ？」

「うーん。でも強引に聞き出すのもな……。一ノ瀬は放っておいてほしいかもしれないだろ？」

「でも人には言えないけど、とんでもない問題を抱えていて、一人で対処しようとした結果、取り返しのつかないことになっちゃったら……!?」

「え……それはさすがに想像力逞《たくま》しすぎるんじゃ……」

「だってそうなってから後悔しても遅いよ!?」

「たしかに……!」

皆口さんの発言に応《こた》えたのは、相原ではなく俺だ。

俺の悩みに対して、二人は偶然答えをくれたのだ。

皆口さんと相原が驚きながら俺を見た。

二人からしたら、わけのわからないリアクションだったのだろう。

「ありがとう、皆口さん、相原。二人のおかげで悩んでたことへの答えが出せたよ」

「えっ!? まだ私たち、一ノ瀬くんの話を全然聞けてないよ!?」

「うん、でも二人の今のやりとりを聞いていたら解決したんだ。どうすべきなのかよくわかった。今日、蓮池に会いに行ってくるよ」

たとえ蓮池が俺に立ち入ってほしくないと思っていたとしても。

そうすることで蓮池を怒らせて、嫌われてしまうかもしれなくても。

行動しなかったことで、後悔するのだけは嫌だった。

……それからもちろん雪代さんのことも。

蓮池だけでなく、雪代さんともしっかり話さなければいけない。

幸い今日はバイトが休みだ。

時間ならたっぷりある。

「一ノ瀬、さっきまでとは顔つきが違うな。なんか吹っ切れたみたいだ」

「だけど本当に相談に乗らなくて平気？　取り返しのつかないことにならない？」

俺は二人に対して微笑みながら頷き返した。

「俺が悩んでたのは、何か問題を抱えているらしい蓮池にどこまで踏み込んでいっていいのかってことだったんだ」

「……！　それってさっきの私たちと同じじゃ!?」

「うん。二人のおかげで助かったよ。俺だけじゃどれだけ考えてもどうすればいいかわからなかったと思う。二人とも本当に優しいね。クラスメイトだからって、こんなに親身になってくれるなんて……」

本気で感動しながらそう伝える。

相原と皆口さんに比べて圧倒的にコミュニケーション能力に欠ける俺だけど、二人には憧《あこが》れるし、見習いたいとも思う。

「ちょっと待った！　一ノ瀬くん!!　今のセリフは聞き捨てならないよっ!?」

「え……？」

ずんと踏み出してきた皆口さんに詰め寄られ、慌てる。

「私たちと一ノ瀬くんは、ただのクラスメイトじゃなくて友達でしょ⁉」

「友達？」

素《す》で声が出てしまった。

それを聞いた途端、皆口さんだけでなく相原までガクリと肩を落とした。

「そんな……私たち、一ノ瀬くんに友達認定されてなかったんだ……」

「なんとなくまだ心の壁がある気はしてたけど、ショックだな……。一方的に友達だと思ってたなんて恥ずかしすぎる……」

さっき以上に驚いて、二人の顔をまじまじと見つめる。

相原も皆口さんも、俺のことを友達だと思ってくれていたってこと……？

嬉しいけど、俺なんかが友達で本当にいいのだろうか……。

「俺……友達にしてもらえるような魅力、まったく持ってないけど……。それでも二人の友達だと思っていいの……？」

まだ信じられない気持ちでそう尋ねたら、勢いよく二人に抱きしめられてしまった。

「一ノ瀬くん、自己肯定感低すぎ‼　そんなこと言われたら泣きそうになっちゃうよ‼」

「皆口の言うとおりだよ！　謙虚なところも長所なのかもしれないけど、一ノ瀬はすごく魅力的な人間だよ!!　素直だし、優しいし」

「友達想いだし、純粋だし、時々ぽやぽやしてるところも素敵だよ！」

「……っ」

二人にぎゅっとされたまま、言葉を失う。

まさかそんなふうに思っていてくれたなんて……。

「な、一ノ瀬。こうやって俺たちは一ノ瀬のいいところ山ほど知ってるよ。だからこそ一ノ瀬と友達になりたいって思うんだし。というわけで一ノ瀬、今から俺たちは正式な友達な！　こんな宣言したことないから恥ずかしいけど……」

照れくさそうに相原が言う。

「私も……。友達って自然になるものだって思ってたから、なんか不思議。でも言葉にしなかったら、ずっと一方的に一ノ瀬くんのことを友達だと思い込んでいたままだったはずだし。気持ちを口にするって大事だね!!」

蓮池、雪代さんに続いて、生涯で四人目の友達ができた。

そのうれしさを噛みしめながら、二人に向かって笑みを向ける。

「相原、皆口さん。改めてこれからよろしく」

「……！」

「……！」

なぜか真っ赤になった二人が、こくこくと首を縦《たて》に振る。

「……男女関係なく魅了する攻撃力の高い笑顔も、一ノ瀬にしかない長所だな……」

「……私なんて卒倒《そっとう》しそう……」

「……？」

どういう意味だろうと思いながら、俺は小首を傾《かし》げた。

その直後――。

「……よかった……」

蚊の鳴くような、小さな呟きが俺の耳に届いた。

声のしたほうを振り返ると、木の陰にサッと隠れた人影が……。

あの細長いシルエットと黒いボブカットには見覚えがある。

木の傍《そば》まで歩み寄っていき、彼女の名前を呼ぶ。

「阿川さん」

「……!!」

木の後ろに隠れていたのは、相原と皆口さんをこの場に向かわせてくれた阿川さんだったのだ。

「ご、ごめんなさい……！　コソコソ覗《のぞ》いたりして……！　どうなったか心配で……」

阿川さんが俺を心配してくれた理由は謎のままだけれど、彼女の表情を見れば、善意からの行動であることは伝わってきた。

「えっと、心配させちゃったみたいでごめんね。それとありがとう。阿川さんが二人を呼んできてくれたんだよね？」

「あの、いえっ、そうなんですがっ……！　お礼なんて言わないでください……！　私は勝手に推したいだけで、認知されたいとかは全然ないのでッッ……!!」

推し？　認知？　何の話だろう？

「と、ととにかく……!!　問題が解決したようでよかったです！　今後も陰ながら応援させていただきますっっ!!」

そう叫ぶと、阿川さんは逃げるように走り去っていった。

「なるほど、推しか……。だから黒子《くろこ》的な役回りに徹したがっていたんだな」

「そうだね。推し活ってつまり、見返りを求めない愛情ってことだもんね……。恋愛感情よりある意味純粋な気持ちなのかも」

俺たちのやり取りを見守っていた相原と皆口さんが、そんなことを言いながら頷き合っている。

「なあ、一ノ瀬。もし不快じゃなければ、推させてやったら？」

「不快とかはないけど……」

俺が、阿川さんの推し……？

ますます戸惑う。

「推されるような行動何もしてないし、そもそもそういうのって芸能人相手に抱く感情じゃないのかな？」

「えー。そうとも限らないよ。私の友達でもコンビニのイケメン店員を推してる子がいるし！」

「なるほど？」

わかったような、わからないような。

でもきっと一過性のものだろうし、阿川さんもすぐに飽きるはずだ。

しかも現状、とくに困るような事態にはなっていない。

それどころか今回なんて阿川さんのアシストのおかげで、問題を解決できたのだ。

ちなみにその後も阿川さんは直接俺に関わってこようとはしなかったので、俺は阿川さんから謎に推されている事実を気にすることなく暮らすことができているのだった。

第五話　好きな人と初めての……

──放課後。

「一ノ瀬《いちのせ》くん、また明日」

今日はバイトがないのに、雪代《ゆきしろ》さんはそう言い残して一人で帰ろうとした。

その手を掴んで引き留める。

「待って、雪代さん。話があるんだ。もし用事がなかったら……いや、用事があったとしても、少し俺に時間をもらえないかな？」

「……話……」

雪代さんが青ざめたのがわかった。

「時間は大丈夫？」

雪代さんが力なく頷《うなず》く。

これ以上不安にさせたくはなかったので、俺のほうはできる限りいつもどおりに見えるよう振る舞った。

教室内にはまだ数人の生徒が残っている。

雪代さんがどんな問題を抱《かか》えているかはわからない。

でもきっと他のクラスメイトに話を聞かれたくはないだろう。

俺はしばらく黙ったまま、残りのクラスメイトが教室を出ていくのを待った。

◇◇◇

数分後。

……よし、最後の一人が帰ってくれた。

「──雪代さん、あの」

「一ノ瀬くん……き、嫌いにならないで……っ」

「えっ？」

いつの間にか目にいっぱいの涙を溜めていた雪代さんが、縋《すが》るような瞳で俺を見上げてくる。

俺は伝えられた言葉の意味が理解できず、間の抜けた顔で瞬《まばた》きをした。

「嫌うって……」

まさか俺が雪代さんを……？

「彼女でもないのに、しつこく話しかけたのが鬱陶《うっとう》しかったかな……。それとも少しでも一緒にいたいからって、バイトに誘ったのが迷惑だった……？　ごめんなさい……。私、ちっとも気づかなくて……。振り返ってみたら、自分の好意を押しつけるばかりで、全然一ノ瀬くんの気持ちを慮《おもんぱか》れてなかったよね……。本当に反省しています……。もし、もう一度チャンスをもらえるのなら、二度と距離感を間違えたりしないから……。だから……縁を切るなんて言わないで……」

心の中にあったものを、いっきに吐き出すかのようにそう言うと、雪代さんは両手で顔を覆《おお》って泣きだしてしまった。

雪代さんはとんでもない誤解をしているようだ。

皆口《みなぐち》さんは『気持ちを口にするのは大事』だと言っていた。

俺もそのとおりだと思う。

いくら想っていても、言葉にしなければ気持ちは伝わらない。

花火《はなび》に長年行動を制約されていたせいか、多分俺には無意識に消極的な行動を選択する癖《くせ》があるのだ。

蓮池《はすいけ》から避けられたときも、雪代さんとすれ違っていると気づいたときも、悩みはしたものの結局何の行動も起こせなかった。

そういう自分の弱さから脱却したい。

相原《あいはら》と皆口さんが、変わるためのヒントを与えてくれたのだから――。

「雪代さん、俺が雪代さんと縁を切るなんてあり得ないよ」

「ほ、ほんとに……?」

涙を流しながら恐る恐る顔を上げた雪代さんに、しっかりと頷き返す。

「雪代さんはどうしてそんなふうに考えたの?」

「……一ノ瀬くんから一緒に帰りたくないって言われちゃって……」

ん!?

数日前、そのことを雪代さんに伝えたときの会話を思い出してみる。

『申し訳ないけど、明日からバイト終わりは七緒《なお》さんと二人で帰ってもらえるかな?』

『えっ。……理由、訊《き》いても大丈夫?』

『理由は、うーん……。……一人で帰りたい気分になったというか……』

七緒つばさと二人になりたくないからだとは言えず、適当な理由で誤魔化すような形になったのを覚えている。

そのせいで、俺が雪代さんと一緒に帰りたくないと思っているだなんて、とんでもない誤解をさせてしまったらしい。

「私、その話の後すごく落ち込んじゃって……。それに気づいたつばさちゃんが心配して、何があったか尋《たず》ねてきてくれたの。それで相談したら……『史《ふみ》の距離感が近すぎて、颯馬《そうま》にしんどくなられちゃったんじゃない？』って言われて……」

溜め息を吐《つ》きかけたが、ぐっと堪《こら》える。

雪代さんを怯《おび》えさせたくはない。

『少し離れてみ？　それでも颯馬がなんのアクションも起こさなかったら、そのまま縁を切ってもいいやって思われてる可能性が高いよ』

七緒つばさは雪代さんにそう伝えたらしい。

「それで……つばさちゃんの助言に従ってみたら……」

「……っ」

やっぱりあのとき、行動を起こすべきだったのだ。

俺が何もしなかったせいで、雪代さんは七緒つばさから受けた的外《まとはず》れな助言を信じてしまったのだ。

「……私が一ノ瀬くんと距離を置いてから今日で五日目。……ああもう絶対嫌われちゃったんだって思って……。本当は今日、登校したくなかったんだ……」

それが朝のあの態度に繋がったわけか……。

七緒つばさの介入は、明らかに悪い効果をもたらしたが、今大事なのはそこではない。

ここまで雪代さんとの関係がこじれてしまった最大の要因は、俺にあった。

だからこそ、ちゃんと行動を起こし、自分が思っていることを口にしなければ――。

でも何から伝えればいい？

距離を置くことなんて望んでいない、と言えばいい？

そう見えてしまったのには理由があって、と説明するべき？

いや、それよりも何よりも、雪代さんに届ける言葉があるだろう。

「雪代さん、好きです。俺の彼女になってください」

「…………え……？　………………えっ…………かのじょ……？」

「うん」

「………………………………………………ゆ、ゆめ……？」

ものすごく長い間《ま》を空けながら、雪代さんが呟《つぶや》く。

「違う。夢じゃなくて現実……！」

「げ、げんじつ……。……う、え……？　……ううう!?」

少しずつ雪代さんの顔が赤くなっていく。

最後には雪代さんは頬を押さえて、へなへなと頽《くずお》れてしまった。

「どうしよう、処理能力が追いつかないよ……。……私、一ノ瀬くんの彼女になれるの……？嫌われたと思ってたのに……？」

「雪代さんは俺の好きな人だよ。嫌うわけない」

「ううう……」

混乱している雪代さんもかわいい。

俺は雪代さんの前にしゃがみ込んで、間近からその瞳を見つめた。

なんとかしてこの想いを信じてもらいたい。

「実は俺……雪代さんを好きなことと、その雪代さんの傍《そば》にいられることに満足しちゃってて、雪代さんの恋人になりたいとか、そこまでの考えに至れてなかったんだ。恋人になることとか、付き合うって約束を交わすこととか、そういう行動を起こさないことによって、雪代さんがどう考えてしまうのかも想像がついてなかった」

「一ノ瀬くん……」

雪代さんはまだ赤面したままだけれど、まとまりのつかない俺の話を真剣な顔で聞いてくれている。

「今までの経験から恋人になることに対して、いいイメージを持っていなかったから、好きな

人の傍にいられるなら、それだけでいいって思っちゃっていた気がするんだ。……それに情けない話だけど、俺の心の根底には、『俺なんかの彼女になってほしいなんて望むのは、図々しすぎる』っていう考えが染《し》みついていて……」

「……！　私、そんなこと思わない……!!」

慌てたように雪代さんが俺の腕を摑んで否定してくる。

俺はその手に自分の手を重ね合わせた。

「うん。わかってる。雪代さんは花火とは違う。変に卑屈になっていたのは、俺の心の弱さが原因なんだ。ごめんね、雪代さん。そういうところできるだけ自覚して、直せるよう努力する」

「待って、一ノ瀬くん……！　無理に変わろうとなんてしなくていいんだよ。一ノ瀬くんがそのままだと辛《つら》いとかじゃなければ、私は今の一ノ瀬くんのままで大好きだから……!!」

「あ、ありがとう……」

「……う、うん」

話の流れで思わず好きだと言ってしまったのだろう。

雪代さんは恥ずかしそうに視線を逸《そ》らした。

「あの……それで、私、えっと……一ノ瀬くんの恋人になれるなら……死んじゃうくらいうれしい、です……」

「……！」

ほっとした気持ちと喜びが、いっきに押し寄せてくる。

雪代さんと恋人になれるんだ……。

「一ノ瀬くんが私の彼氏……。わあ……わあ！　つまり恋人として一緒に登下校したり、デートできたり、二人でお祭りに行けたりするの……？」

待って。雪代さんの発想がかわいすぎる。

お祭りっていうのは、おそらく七月下旬に宮橋《みやばし》神社で開かれる夏祭りのことだろう。

「お祭り一緒に行こうね」

「……！　うん……！　うれしい……！」

雪代さんが幸せそうにふにゃっと笑う。

この笑顔を見るためなら、なんでもしてあげたい。

心の中に雪代さんに対する愛《いと》しさが募《つの》っていく。

「ねえ、一ノ瀬くん。私の気持ちを受け入れてくれてありがとう。幸せすぎてほんと夢みたい……」

「夢じゃないよ」

苦笑しながらそう返す。

「夢じゃないって……信じたい……」

雪代さんはそう言うと、静かに腕を伸ばし、俺の手に触れてきた。

ドクンドクンと鼓動の音が激しくなる。

そのくすぐったさを感じながら、俺からも雪代さんの手を握り返した。

空気も、時間の流れも、俺たち二人を取り巻くすべてのものが止まってしまったような気がする。

雪代さんと目と目が合う。

吸い込まれていくような感覚に陥《おちい》った。

どちらから近づいたかはわからない。

多分、お互いに引かれ合ったのだろう。

放課後の教室の中、俺たちの影はゆっくりと重なっていき――。

俺は生まれて初めて、好きな人とキスをした。

第六話

友達を泥沼から救い出す

雪代《ゆきしろ》さんとのすれ違いを解決できた後、俺は雪代さんとともに蓮池《はすいけ》の自宅へと向かった。

蓮池の家は、俺の最寄《もよ》り駅からさらに二駅進んだ街にある。

駅を降りて、川沿いの土手をしばらく歩くと、蓮池の父親が住職を務める寺の地所が見えてきた。

竹林に囲まれたその敷地の中、蓮池たち家族が暮らす日本家屋は、本堂の裏手に建っている。

先月、俺たちは学校で出されたグループ課題を持ち帰って行うことになった。

俺と雪代さんはその際に蓮池の家を訪ねていて、今日対応してくれた蓮池の母親はそのときのことを覚えていてくれた。

俺から逃げ続けていた蓮池は、母親によってあっさり召喚された。

「一ノ瀬《いちのせ》……。雪代も……」

Tシャツにスウェットというラフな格好で現れた蓮池は、驚きながら立ち尽くしている。

蓮池の顔をちゃんと見るのは数日ぶりだ。

俺も雪代さんも絶句してしまった。

目の下のクマはますます濃くなり、頬のやつれっぷりはひどいものだ。

「蓮池、早退した後、少しは眠れた……？」

「あ、ああ……」

蓮池はそう答えたが、
ろくに眠れなかったことは、その顔が物語っている。

母親の目を気にしたのか、蓮池は俺たちのことを部屋に上げてくれた。

ほとんど会話もできず、逃げられていた状況から比べれば、かなり幸先《さいさき》がいい。

蓮池の母親は俺たちにお茶を出すと、すぐに部屋を出ていった。

「体調不良で早退したのに、押しかけてきたりしてごめん。目的を果たしたらすぐに帰るつもりだから、少しだけ付き合ってくれ」

「……目的？」

「蓮池が何を抱えているのか教えてほしい」

「……」

「放っておいてくれって思ってるのはわかってる。でも、ごめん。放っておけない」

「……い、一ノ瀬」

蓮池の視線が泳ぐ。

もしここが学校だったら、間違いなくまた逃げ出されていただろう。

でもここは蓮池の部屋で、扉の前には俺が座っている。

ここから出ていくなら、おれをどかすしかないが、俺は俺で、もう蓮池を逃がすつもりなどなかった。

だってそう腹を括《くく》ってきたから。

「……」

「……」

しばらく無言の睨《にら》み合いが続いた。

雪代さんは心配そうにやりとりを見守っている。

俺の態度から、引く気がないことを感じ取ったのか。

蓮池はふらふらと後退《あとずさ》り、ベッドにドサッと腰を下ろした。

「……そんなに俺の情けない泣き言を聞きたいのかよ、一ノ瀬」

「蓮池、それ本気で言ってる?」

「……っ。……う……ううっ……うぐうう……」

はっ。しまった。

蓮池がダバーッと涙を流す。

それを見て、忘れていたことを思い出した。

蓮池は見た目に似合わず、とんでもなく涙腺《るいせん》が緩《ゆる》いのだった。

「ぐうっ……。すまん……。こんなふうに泣くつもりじゃなかったんだが……ぐぶっ。あまりにも自分が情けなくて……。違うんだ、一ノ瀬……。おまえは何も悪くない。それはわかっている。でも、だからこそ尚更《なおさら》おまえには言えなくて……」

ズビズビと洟《はな》を啜《すす》りながら蓮池が言う。

最初は俺を避けて距離を置いたことに触れているのかと思った。

でもなんとなく違和感を覚えた。

俺は悪くない。だから俺には言えない……？

いったいどういう意味なんだ？

蓮池を悩ませているのは、櫻井《さくらい》綾菜《あやな》絡《がら》みの問題だと考えてきたが、俺が原因だったということなのだろうか。

頭に浮かんだ疑問をそのまま蓮池にぶつける。

蓮池は何度も躊躇《ちゅうちょ》してから、ようやく重い口を開いた。

「……綾菜は、本当は……俺じゃなくて……一ノ瀬と付き合いたいんだ」

「……え？」

何の冗談かと思ったが、蓮池はいたって真面目《まじめ》だ。

「俺の勘違いでも、被害妄想でもない。綾菜自身が言っていたんだから」

蓮池が肩を落とす。

「綾菜からよりを戻したいと言われた日のことだ」

「ずっと不思議だったんだけど、あのとき蓮池は断ってたよね？」

「ああ。一度は断った。でもその夜、綾菜から電話がかかってきたんだ。……その電話で言われた。俺が復縁を断るなら、一ノ瀬に告白するって」

「……!?」

「本気だってすぐにわかった。綾菜は一人ではいられない人間だし、俺より一ノ瀬のほうが確実に綾菜のタイプなんだ。一ノ瀬はせっかく雪代といい感じなのに、綾菜が割り込んでいったらぐちゃぐちゃにしてしまう。そんなことはさせられない。だったら俺が綾菜とよりを戻すほうがマシだ。最初は本気でそう思ってたんだ。……でも自覚してなかっただけで、俺の中に綾菜への未練があったんだろうな。よりを戻した途端、あっという間にあいつに浮気されて病《や》んでたときの俺に戻ってしまった。綾菜が俺とよりを戻したのは単なる繋ぎ。綾菜の頭の中には一ノ瀬のことしかない。そうわかっていたから……」

絶望した目で蓮池が俺を見る。

俺は相変わらず何かの間違いだと思っていた。

「櫻井さんが俺の名前を出したのは、蓮池とよりを戻すために駆け引きの材料にしただけじゃないかな？」

「……違うんだ。……俺と一緒にいても、あいつ一ノ瀬のことしか口にしないんだ。『今日は一ノ瀬くんと一緒に帰らないの？』『なんで一ノ瀬くんと距離を置いてるの？』『早く一ノ瀬くんのことを綾に紹介してほしいなー。綾、三人で一緒に遊びたいの。ね？　一ノ瀬くんを誘って、三人でお出かけしよ？』って……」

「あの、でもそれは恋人の友達と仲良くなりたいってだけじゃ……？」

雪代さんが控えめな口調で確認する。

「……雪代みたいなまともな子だったら、そうだろうな……。でも綾菜は違うんだ。綾菜の行動には絶対に下心がある。綾菜は、一ノ瀬が俺の友達だから親しくなりたいんじゃない。一ノ瀬を狙ってるから、近づくきっかけがほしいだけだ。だってな……三人で一緒に遊びたいって……桐ケ谷《きりがや》のときにもまったく同じことを言われたんだよ……」

俺と雪代さんは思わず顔を見合わせた。

「今の関係からは想像もつかないだろうが、もともと俺と桐ケ谷は同中《おなちゅう》の出で、仲も良かったんだ……。同じ高校に入学して、同じ陸上部に入って……。たしかにお互いライバル視し合ってはいたが、いがみ合うようなことはなかった」

蓮池と桐ケ谷が友人だった？

その話は初耳だった。

俺の知っている限り、桐ケ谷は蓮池に対して見下すような発言を繰り返していたし、いつでも敵意を剝《む》き出しにしていた。

友人だった二人が、そこまで悲惨な関係になってしまうなんて……。

正直俺にはショックだった。

「俺と桐ケ谷の友情が壊れたのは、当然綾菜のことが原因だ。綾菜にねだられた俺は桐ケ谷を誘い、俺たちは三人でカラオケに出かけた。後からわかったんだが、そのカラオケで俺が席を外している隙《すき》に……二人はキスしたらしい……」

その当時のことを思い出したのか、また蓮池の目からぼたぼたと涙が零《こぼ》れ落ちる。

「うぐっ……ひっぐ……。……過去にそんなことがあったんだ。三人で遊びに行きたいっていう綾菜の言葉を、そのまま受け取ってたら、ただの馬鹿だよ……。……いや、綾菜とよりを戻している時点で俺は大馬鹿野郎なんだが……ふぐぐ……綾菜は……生まれて初めて告白してくれた相手なんだ……」

そう言うと蓮池は完全に項垂《うなだ》れてしまった。

こちらに向けられた蓮池のうなじを見つめながら、俺は重い息を吐き出した。

「俺は蓮池の友達だから蓮池に肩入れをした意見しか持てないけど、櫻井さんは最低な人だと思う。それでも彼女を好きな蓮池の気持ちを否定するつもりはない」

「……一ノ瀬」

「ただ、それとは別で納得がいかないことがある」

「……うっ……な、なんだ……？」

「蓮池は、俺が桐ケ谷のように櫻井さんを奪うと思ったから、俺を避けていた——ってことでいい？」

蓮池がハッと息を呑む。

「そんなつもりは……！」

言いかけた言葉が宙に消える。

蓮池は床についていた拳を握りしめると、苦しそうに呟いた。

「……一ノ瀬は桐ケ谷とは違う。だから自分から積極的に綾菜を口説こうなんてしないだろう。俺は一ノ瀬のことを信じている。でも綾菜のことは微塵《みじん》も信じられない。あいつはちょっとでも一ノ瀬と繋がりを持てば、脇目も振らず一ノ瀬を落としにかかるだろう。綾菜は男を狙うハンターだ……！　しかも狙った獲物は決して逃さない。百発百中だって本人が言ってた。いくら一ノ瀬にその気がなくても、綾菜は間違いなく一ノ瀬を手に入れてしまうだろう……」

「……」

二度目の溜め息が零れる。

恋の恐ろしさを、今ほど実感したことはなかった。

蓮池は、櫻井綾菜がすべての男の目に、とんでもなく魅力的に映ると思い込んでいるのだ。

俺は櫻井綾菜のよさがわからないけど、重要なのはそこじゃない。

どんな魅力的な人でも、友達の恋人って時点で論外だろう。

その点に関する信用がないのもがっかりだし、そもそも雪代さんに対する俺の恋心を、蓮池はなんだと思っているのだ。

「蓮池」

蓮池は俺の呼びかけに対して肩を揺らしたが、俯《うつむ》いたまま顔を上げようとはしない。

「蓮池、顔上げて」

蓮池はぷるぷる震えながら首を横に振る。

仕方ない。

俺は立ち上がると蓮池の正面まで向かい、その両肩をガシッと摑んだ。

こんな強引な行動に出たのなんて、もちろん生まれて初めてだ。

でもここまでしなければ、今の蓮池には響かない。

「もっとちゃんと俺を信じてよ!!」

「い、一ノ瀬……」

「俺のこと信じてるっていうなら、絶対裏切るわけないって思ってよ。そもそも俺が櫻井さんに流されるなんてありえないよ。だって俺が好きなのは雪代さんだから。万が一、櫻井さんから近づかれたとしても、それで気持ちがぶれることはないよ」

「だけど……綾菜はわざとFカップの胸を押しつけてきたり、ベタベタ触ったりしてくる女だぞ……!?」

「それが何？　好きな人以外に触れられたからって、どうも思わないよね？　むしろベタベタされたら不快だよ。蓮池だってそうだろ？」

「……一ノ瀬。そんなのはモテる男だけに許される言い分だ……。俺みたいにモテない男はなあ！　意味深《いみしん》な手つきで触られたりしたら、めちゃくちゃうれしいし、好きになっちゃうんだよっ……!!」

「触られたら好きになるって、それじゃあ相手の内面はどうでもいいの？」

「……い、いや……そういう……つもりじゃ……」

蓮池が発した否定の言葉はどんどん萎《しお》れていき、最後には黙り込んでしまった。

「……そう、だな。自分では気づいていなかったが、俺は綾菜の内面を好きになったわけじゃなかった……。綾菜の人格に問題があるのは十分わかっていたのに目を瞑《つぶ》ってきたのは、そもそも綾菜の内面に興味がなかったからだ……」

蓮池は自嘲《じちょう》するように笑った。

「そのくせ自分の気持ちは認めてほしがった。『こんなに想ってるんだから、俺だけを見てくれ』『俺の気持ちが傷つくようなことはしないでくれ』『桐ケ谷より俺のほうが優しいのに、なんであっちを選んだんだ』って。相手の内面に興味を持ってないくせに、こんなことを望むなんて。俺の恋は単なる独りよがりだったんだな……」

たしかに内面を見てもらえないのは辛《つら》いと思う。

だからって櫻井綾菜のした裏切りが許されるわけではないが、今、蓮池が言っているのはそういうことではないだろう。

「綾菜が目移りするのは、俺にも原因があったんだ。そのことがわかってよかった。それに……俺は本当の意味で綾菜を好きなのか、ちゃんと考えてみるべきだとも気づけた。ありがとう、一ノ瀬……。すごく楽になれたよ。さっきまでは、不安と疑心暗鬼でどろどろになった心の中を、ひたすら彷徨《さまよ》ってるみたいな感じだったから……」

　蓮池の言うとおり、俺たちが今日訪ねてきたときと比べて、蓮池の表情は見違えるほどすっきりしている。

「一ノ瀬のことをちゃんと信じられていなかったのもごめん……。一ノ瀬の言うとおりだった。一ノ瀬にも失礼だし、一ノ瀬が雪代を想う気持ちに対しても失礼だった。好きな人以外に触れられてもどうも感じないって、断言できる愛情って素晴らしいよな……。そんなふうに思われたら幸せだよな……。な？　雪代」

　蓮池が突然雪代さんに話を振る。

　雪代さんは真っ赤な顔で何度も頷《うなず》いた。

「一ノ瀬、雪代、こんな俺のことを心配して、会いに来てくれてありがとう。おまえたちにはほんと頭が上がらないな……。二人がピンチのときには必ず力になるから。遠慮なく言ってくれ！」

「うん。俺も困ったときは蓮池を頼るから、蓮池もこれからは俺たちを頼ってよ」

「わかった。約束する!!」

　力強い声でそう叫ぶと、蓮池は自分の胸をドンと叩いた。

　その姿を見て、ホッとなる。

蓮池と櫻井綾菜の恋愛がこれから先どうなっていくのかはわからない。
でも蓮池はもう大丈夫だと思えた。

第七話 花火、償いと地獄の日々

颯馬《そうま》が蓮池《はすいけ》と和解を果たし、雪代史《ゆきしろふみ》と付き合いはじめた裏で、如月花火《きさらぎはなび》はとんでもない目に遭《あ》っていた。

きっかけは引きこもっている花火のもとに届いた一通のメッセージにあった。

――用があるから今すぐ『せせらぎ第一公園』に来て。時計台の下。もし来なかったら、おまえが送ってきた一ノ瀬《いちのせ》颯馬の恥ずかしい動画、ネットで拡散させるから――

メッセージの差出人は桐ケ谷太一《きりがやたいち》だ。

花火は颯馬から絶縁宣言された直後、颯馬への当てつけのためだけに桐ケ谷に近づき、偽《にせ》の彼氏役として桐ケ谷を利用した。

もちろん本当に付き合うつもりなどなかったし、桐ケ谷になんて欠片《かけら》も興味がなかった。

桐ケ谷を偽の彼氏役に選んだのは、顔の造作がどことなく颯馬に似ていたからだ。

桐ケ谷の言う、颯馬の動画の存在には、もちろん心当たりがある。

花火のスマホの中には、長年撮り溜めてきた颯馬の弱みとなるような動画が大量に保存されている。

颯馬はもちろん撮られるのを嫌がったが、当時は花火が圧倒的に主導権を握っていたので、睨《にら》みつければそれ以上逆らわなかった。

花火はその動画のひとつを桐ケ谷に送りつけ、颯馬のことを散々馬鹿にした。

フラれたことへの腹いせだった。

送られてきたものを見た桐ケ谷は、ゲラゲラ笑いながら言ってくれた。

『こんな情けない男がはーたんを振るなんて、ありえないよ！　きっとはーたんが彼氏にしてくれたから、調子に乗っちゃったんだろうね！　身の程わきまえろ、陰キャ！　って感じだよね。こいつに復讐するなら、いつでも協力するから言ってね。俺の大事なお姫様のためだったら、なんでもするよ!!』

桐ケ谷のそんな言葉を聞き、当時の花火は気分をよくした。

桐ケ谷センパイの言うとおりだ。颯馬センパイは私が愛してあげたせいで、余計な自信をつけちゃったんだ。なんて思ったりもした。

「……どうしよう……」

あの馬鹿でクズだった頃に自分が取った行動が、跳ね返ってきたのだ。

その事実を目の前にして、血の気《け》が引いていく。

「動画のデータ、消してもらわなくちゃ……」

消え入りそうな声で呟《つぶや》き、ふらふらと立ち上がる。

引きこもっていたこの部屋から出ていくのは怖い。

でもそんなことは言っていられなかった。

あの動画がばらまかれてしまったら、颯馬はひどく傷つくだろう。

過去の自分が犯した最低な行動から、颯馬を守らなければいけない。

花火は震える手でスマホを操作し、もう長い間連絡を取っていなかった桐ケ谷に返信した。

――すぐに行きます。だから颯馬センパイの動画を拡散するのだけはやめてください――

◇◇◇

せせらぎ第一公園は、桐ケ谷の最寄《もよ》り駅から数分の場所にあった。

花火はスマホの地図で確認しながら、なんとか初めて訪れる公園に辿《たど》り着くことができた。

彼氏役をさせていた頃の桐ケ谷は、花火に対して絶対服従という態度で、いつでも花火の言いなりだった。

待ち合わせをするにしても、桐ケ谷のほうが花火を迎えに来るのが当たり前で、花火が桐ケ谷の家を訪れたことなど一度もない。

そんな桐ケ谷が、花火を呼び出してきたのだ。

桐ケ谷と花火の立場は、完全に入れ替わってしまった。

花火はその事実を痛感しながら、指定された時計台の下に向かった。

時計の針はちょうど十七時を指している。

辺鄙《へんぴ》な場所にある寂《さび》れた公園には、花火のほかに人影は見当たらない。

公園に着いたことをメッセージで知らせると、『待ってろ』という返信があった。

そのまま花火は待ち続けた。

颯馬の動画データを削除してもらうまでは、帰るわけにはいかなかった。

——桐ケ谷が現れたのは四時間後。

時計の針は二十一時を指している。

「うわっ、ほんとに待ってたのかよ……！　いやあ、変わったねえ、はーたん。前のはーたんだったら、絶対にこんなことしなかったのに」

桐ケ谷がこちらを指さしながらゲラゲラ笑う。

桐ケ谷の態度からは、恨みと悪意しか伝わってこない。

散々利用した挙句、桐ケ谷が役に立たないとわかったら、とことん貶《けな》した。

今振り返れば、八つ当たりをする対象として利用したのだ。

そんなことをしたのだから、桐ケ谷から恨まれても仕方ない。

「今更こんなことを言っても手遅れだと思うけど、いろいろごめんなさい……。謝るから、颯馬センパイの動画だけは消してほしいの……」

深々と頭を下げて伝える。

一瞬の間《ま》の後、桐ケ谷は先ほどより大げさな声を上げて笑った。

「ぶははははっ!! 信じらんない!! 人格もはや別人じゃん!? なんで豹変《ひょうへん》したの？ 引きこもりになって、学校にも来なくなっちゃったし。もしかして一ノ瀬に脅《おど》されてんの？」

「違う……！ 颯馬センパイは関係ない……！ ……私が自分の馬鹿さ加減に気づいて、反省しただけだから……」

「ふーん？ まあ、どうでもいいや。そんなことよりさー」

スタスタと近づいてきた桐ケ谷は、いきなり花火の頰を摑んできた。

「痛っ……」

爪の先が食い込むほどの力だ。

思わず眉根を寄せた花火のことを、桐ケ谷が冷たい眼差《まなざ》しで見つめてくる。

「俺、おまえのせいで停学処分食らったんだけど。引きこもって逃げるとかどういうつもりだよ」

「あ、それは……」

それは一カ月前。

林間学校の最中に起こった事件が原因だった。

花火は颯馬に嫌がらせをするため、自分の取り巻きだった桐ケ谷たち男子を利用し、颯馬を夜の林の中に誘《おび》き出した。

桐ケ谷たちによって、颯馬は後ろ手に縛られ、猿ぐつわを噛まされてしまった。

颯馬が怪我《けが》をすることなく発見されたため、花火や桐ケ谷たちは停学処分で済んだが、一時は退学になる可能性もあるほどの騒ぎになったのだった。

「俺の内申書にとんでもない疵《きず》がついたことに対して、どう賠償してくれんの?」

「あ、あの……だから……ごめんなさ……」

「ごめんで済むわけないだろ?　賠償の意味もわかんないの?」

「……どうしたらいいの？」

「俺のが年上なんだから『どうしたらいいですか？』だろ。まったくはーたんはほんと口の利《き》き方を知らないクソメスガキだねえ。ほらちゃんと言い直せよ」

「……ど、どうしたらいいですか……」

オドオドしながら花火が尋《たず》ねる。

男子からこんなふうに接してこられたことは今まで一度もない。

だからものすごく怖かった。

花火の頬を摑んでいる桐ケ谷の力は強く、何度か抵抗を試みたもののびくともしなかった。

かつての花火は、颯馬に対しても桐ケ谷に対しても、自分のほうが圧倒的に優位だとうぬ惚《ぼ》れていたが、それは間違いだった。

大人と変わらない体格をした男子高生の前で、自分はびっくりするほど無力だと花火は思い知らされた。

花火が怯《おび》えれば怯えるほど、桐ケ谷の態度は冷酷になっていった。

「未来ある若者の人生を台無しにしたんだから、少なくとも五百万くらいは払ってもらわないと」

「……!!　そんなお金ない……!!　無理――」

「無理じゃねえんだよッ!!」

唾《つば》を飛ばしながら、桐ケ谷が声を荒らげる。

怒鳴りつけられた花火は、ビクッと体を震わせて身を縮こませた。

「金がないなら稼げばいいだろ。ああ、でもちまちまバイトしろってことじゃないから。返済期限は三カ月。それ以上待つつもりはない」

「そんな……どうやって稼げば……」

「はーたんは性格がクソでも、顔はめちゃくちゃかわいいし、エロい体してるんだから。お金稼ぐのなんて簡単だろ?」

桐ケ谷は頬を摑んでいた手を一旦離すと、指先で顎《あご》をくすぐってきた。

その指の動きと、嫌らしい目つきにゾッとなって後退《あとずさ》る。

「そんなことできない……!!」

「あ、そう。だったらこればらまくから」

花火の答えを予想していたように、桐ケ谷がスマホを取り出す。

こちらに向けて掲《かか》げられたスマホの画面には、花火が送った例の動画が表示されている。

動画の中にいるのは、小学校低学年の頃の颯馬だ。

下半身に何も身に着けていない颯馬は、泣きながら小さな手で自分の性器を隠している。

颯馬の足元には、彼が漏《も》らしたせいで水溜まりができていた。

当時はちょっとした悪ふざけのつもりだった。

『私がいいって言うまで、おトイレ行っちゃだめだから！』

何があっても、どんな状況でも、颯馬は自分に逆らわない。

それを確認したくて、命令をしてみたのだ。

その日は一日中、もう無理だと言われても颯馬にジュースを飲ませ続けていたので、トイレに行くなと命じてすぐ、颯馬の挙動は怪《あや》しくなった。

最初はもじもじとしているだけだった。

次に体を揺らして、足の間を擦《す》りつけるような行動を取りはじめた。

『は、花火ちゃん……おトイレ行きたいよぉ……』

半分泣きながら訴えかけてきたけれど、当然聞き入れなかった。

内股になって、足の間に手を入れ、泣きながら耐えている颯馬。

その姿を見ていたら、なぜだかすごくドキドキしてきた。

この颯馬の姿を残しておきたい。

そう思った花火はすぐさまスマホを取り出し、動画の撮影をはじめた。

颯馬の顔はどんどん赤くなっていく。

足を擦り合わせる動きも速くなった。

時折息を止めたり、地団駄を踏んだりするようになった。

『花火ちゃん、お願いだから……‼』

悲痛な声で颯馬が叫ぶ。

漏らさないように必死な颯馬は、花火が恍惚《こうこつ》の表情を浮かべて自分を眺めていることになんて、まったく気づいていなかった。

『は、花火ちゃ……ああ、うっ……』

掠れた声でそう呟いた直後、颯馬はぶるりと震えて——……。

じょぼぼぼというかわいらしい音を立てながら、その場でお漏らしをしてしまったのだった。

絶望のあまりあうあうと泣いている颯馬を見ても、花火の興奮は収まらなかった。

『颯馬くん、お洋服とパンツ脱ぎなよ』

『えぇ……』

『おしっこでびしょびしょなのに脱がないの？　きったなーい！』

『ううっ……ぼ、ぼくおうちに帰るよ……』

『だめ‼　ここで脱いで‼』

『で、でも……』

『私に逆らうの？　言うこと聞かないなら、今撮ってる動画、学校のみんなに見せちゃうから。お漏らししたなんて知られたら、みんなどう思うかなぁ？　今でも颯馬くんは嫌われ者なのに、お漏らしマンだってわかっちゃったら、きっといじめられちゃうよ？　意地悪されて、みんなの前でパンツ脱がされたりしちゃうかも』

『ひっ……や、やだよ……』

『そうだよね？　みんなの前でパンツを脱がされて馬鹿にされるくらいなら、私一人の前で脱ぐほうがいいよねぇ？』

『……』

『それに私は意地悪がしたくてパンツ脱いでって言ってるんじゃないんだから。おしっこまみれでいると気持ち悪いかなって、心配してあげてるんだよ。颯馬くんのためなのに、嫌がるなんておかしいよ。颯馬くんだってそう思うでしょ？』

『あの、えっと……』

『ほら。早く脱いで』

結局、颯馬は泣きながら裸になった。

花火はその様子をすべてカメラに収め続けた。

パンツを脱いだ颯馬は、すぐさま両手で性器を隠した。

けれど残念ながら、まだ成長前のかわいらしい性器は、動画の中にしっかりと映ってしまったのだった。

◇◇◇

「——ほんとひどいことするよなあ、はーたんは。脅して、洗脳して、こんな動画撮っちゃうんだから。まあ、でも俺としてはありがたいけど。これだったらやべーおっさんたちに児童ポルノとして、くそ高値で売れるだろうし。ねえ、はーたん、いいの？　このままだと、はーたんの愛《いと》しい颯馬センパイが、キモいおっさんたちのおかずにされちゃうよ？」

体が冷たくなっていくのを感じながら、首を横に振る。

「だったらアルバイト、できるよね？」

「……はい」

「よかったよかった。はーたんのおかげで一ノ瀬は助かるわけだ。それじゃあ、はーたんがちゃんと仕事をこなせるかどうかチェックしよう」

にやにやと笑いながら、桐ケ谷がゆっくりと後ろを振り返る。

桐ケ谷の視線の先にあるのは、明滅する電灯に照らされた公衆トイレだった——。

◇◇◇

花火が初めて桐ケ谷から呼び出された日から、一週間以上が経過した。

あれからせせらぎ第一公園には、何度来たかわからない。

回数を意識してしまえば、その分心がすり減るような気がして、できるだけ考えないようにしていた。

でもそんなふうに自分を守ろうとすることすら、許されない行いなのかもしれない。

（今の状況は、最低な私に与えられた罰だから……）

その日も花火は、ぼろぼろの身なりでせせらぎ第一公園の出口へ向かいながら、颯馬にしてしまったことを後悔し続けていた。

上《うわ》の空だったから、胸元がはだけていることにも、髪がぼさぼさになっていることにも、スカートが汚れていることにも気づかなかった。

その姿が傍《はた》から見たらどう映るのかも、認識できていなかったのだ。

だから声をかけてきた相手がどうしてそんなに戸惑《とまど》っているのか、すぐには理解できなかった。

「……花火ちゃん……その格好……」

颯馬の今の恋人である雪代史。

その彼女が道路の向こうから、青ざめた顔でこちらを見つめている。

花火はとっさに踵《きびす》を返して逃げようとした。

「待って！　行かないで！」

そんな言葉を聞き入れるつもりなどなかった。

けれど下半身に上手《うま》く力が入らず、足をもつれさせた花火はその場に倒れ込んでしまった。

「大丈夫……!?」

慌《あわ》てて道路を渡った雪代史が、公園の中に駆け込んでくる。

これでは逃げようがない。

砂に頬をつけたまま、花火は唇を嚙みしめた。

桐ケ谷や彼の集めた男たちが帰った後だったことだけが救いだ。

雪代史は、花火が自力で起き上がれずにいるのに気づくと、当たり前のように手を貸してくれた。

雪代史が親切であればあるほど、花火は惨《みじ》めだった。

「花火ちゃん……もしかして……」

「……?」

雪代史の揺れた眼差しは、花火の制服の襟元《えりもと》に注がれている。

『価値が上がるから、必ず制服着てこいよ』

桐ケ谷にそう命じられているせいで、学校に行くわけでもないのに、毎日着ている制服。

雪代史の視線が気になって確認すると、胸元がはだけて谷間が覗《のぞ》いていた。

それだけではない。

慌てて着直したせいでボタンを掛け違えたらしく、不自然に開いたシャツの隙間《すきま》からは、下着が見えている。

雪代史の青ざめた顔と、「もしかして」と呟かれた言葉の意味がようやくわかった。

雪代史の予想は当たってもいるし、外れてもいる。

「ちょっと、変な勘違いしないでください」

「え……」

「私がレイプされたって思い込んでるんじゃないんですか? 全然違いますから」

「……」

無言のまま見つめてくる雪代史は、まだ心配そうな顔をしている。

「花火ちゃん、もし私に言いづらかったら、何も話さなくていいから。病院にだけは行こう……？」

だめだ。こちらの言い分をまったく信じていない。

（……明らかにそういう行為をした痕跡があるんだから当然か）

このまま雪代史にレイプの被害者だと思われてしまったら、颯馬の耳にも届いてしまうかもしれない。

（そんなの絶対に嫌……）

穢《けが》れてしまったことを、颯馬にだけはどうしても知られたくなかった。

きっと颯馬は、花火に起きたことを聞いたところで、何も感じないだろう。

それどころか自業自得《じごうじとく》だと思われるかもしれない。

だとしても隠しておきたかった。

（……雪代史に口止めしておかなくちゃ……。でも今のままじゃ、多分この人納得しない）

まずは事件性がないのだと信じ込ませる必要がある。

腹を括った花火は、せせら笑いを浮かべてみせた。

「はぁ……。キモい勘違いやめてください。さっきまで彼氏と公園のトイレで、エッチなことをしてただけなんで。うちの彼氏、外でするると興奮する人なんですよぉ。だからこういう場所に来ると、すーぐ興奮しちゃってぇ」

「彼氏……?」

「雪代センパイも知ってるはずです。センパイと同学年の桐ケ谷太一。いろいろあって一度は別れたんですけど、どうしてもよりを戻したいって泣きつかれちゃって。まあ顔はそこそこだし、なんでも言うことを聞いてくれて都合がいいんで、もう一度付き合ってあげることにしたんです。ほら、失恋を忘れるための最善の方法は、次の恋をすることだってよく聞くじゃないですか。颯馬センパイのことはしっかり諦めて、私も次の恋に進んでるんです。説明このぐらいでいいです?」

スカートの埃《ほこり》を払い、ゆっくりと立ち上がる。

そのとき初めて、砂埃以外の汚れが、自分のスカートについていることに気づいた。

「……っ」

ゾッとしたが、平気なふりをしてハンドタオルで拭《ぬぐ》う。

このタオルは絶対駅のゴミ箱に捨てていくと決める。

「うちの彼氏、ほーんと変態さんで困っちゃいます」

にやつきながらハンドタオルをひらひらさせると、雪代史は真っ赤になって視線を背《そむ》けた。

この反応なら、これ以上首を突っ込んでくることもないだろう。

「私もう帰りますけど、今日のことは颯馬センパイや他の人に喋《しゃべ》らないでくださいね。今カレとの話なんて、元カレに知られたくないですし。さすがにそこまでデリカシーのないことしませんよね？」

雪代史は数秒間迷ってから頷いた。

（よかった……）

心底ほっとしながら、雪代史に背を向け歩きだす。

雪代史はこの時交わした約束を破ることはなかった。

でも花火の言い分をまったく疑うことなく信じたわけでもなかった。

花火は雪代史のことを、『育ちがよくて苦労を知らないお人よしの善人』だと思い込んでいた。

しかし実際の雪代史は、人の嘘や悪意を見抜けないほど世間知らずではなかった。

第八話　彼氏彼女

雪代《ゆきしろ》さんと正式に付き合うことになって数日。

夏休みがはじまり、俺と雪代さんはほとんど毎日バイトをしている。

雪代さんはお金を稼ぎたい理由でもあるのか、とにかくバイトに出たいようで、とくに予定のない俺は雪代さんに合わせてシフトを入れたのだった。

カフェは夏休みに入ってから、ますます込むようになった。

「一ノ瀬《いちのせ》くん、十五番テーブルのピザできたよ」

カウンター越しに、シェフから声がかかる。

「はい。そのまま七番テーブルの注文も取ってきちゃいますね。それと五番テーブル、そろそろデザートの準備お願いします」

「了解ー。いやあ一ノ瀬くん、いい動きしてくれるから助かるよ。頼むから辞《や》めないでくれよな」

シェフが結構本気の声でそう伝えてくる。

「ありがとうございます。今のところ辞めるつもりはないんで」

「そりゃあよかった。一ノ瀬くんも雪代さんもいい子だから忠告しとくけど……七緒《なお》ちゃんには気をつけろな」

「え？　……それってどういう意味ですか？」

「いやぁ……あの子と親しくなると、みんな突然辞めてくからさ……。大学生バイトの野郎たちは、あの子をやたらかわいがってるけど、俺みたいなおっさんからしたら、厄介事を起こす問題児にしか見えないんだよなあ……」

シェフは五十代。どうやら七緒つばさのサバサバ女子アピールも、まったく通じていないらしい。

「前にそれとなくオーナーと話したんだけど、あの子のこととなるとどうも腰が重くて。ありゃあなんか弱みでも握られてんな」

冗談交じりに笑いながらそんなことを言う。

本当はもっと突っ込んだ質問をしたかったが、残念ながら七緒さんと親しくしている大学生バイトの一人が近づいてきたので切り上げるしかなかった。

オーナーが弱みを握られている……か。

このことは覚えておこう。

そんな思考を巡らせつつ、仕事に戻る。

それぞれのテーブルの動きを気にしながら、料理を運んでいく。

最近は仕事に慣れてきたこともあり、ドリンクの用意に、お客さんへの給仕やテーブルの片づけ以外にも、デシャップ業務という仕事を任されるようになった。

デシャップ業務では、オーダーの進行状況を管理し、注文の品の提供に遅延《ちえん》がないか、盛りつけにミスがないかなどのチェックも行う。

デシャップというのは厨房《ちゅうぼう》とホールの境目にあるカウンターの名称で、要するにこの業務は、厨房とホールの流れを滞《とどこお》らせないためのサポートとして存在しているのだ。

自覚していなかったが、オーナーによると俺は、マルチタスクが普通の人より得意なタイプらしい。

それを理由に、今のポジションを割り振られたのだった。

「一ノ瀬くん、ほんとにすごいね……！　全部のテーブルの状況を覚えていられるんだもん。どのお客さんがなんの料理を注文したかまで、細かく記憶してるし……。私には絶対真似できないよ」

雪代さんは少し手が空《す》いたタイミングで俺の傍《そば》に来ると、感心しきった声でそう伝えてきた。

返事をする間もなく、お客さんに呼ばれて去っていってしまったが、雪代さんだって素晴らしい接客を行っている。

たとえば今だって――。

水のおかわりを頼まれた雪代さんは、お客さんの食事の状況を見て、新しいグラスに入れた水を運んでいった。

ピッチャーを持って注ぎに行くこともあるので、何か意図があって対応を分けているのか訊《き》いたことがある。

すると雪代さんはこう答えた。

『食事が終わってデザートに入るときは、新しいグラスに入れた水を持っていくようにしてるの。ピザやパスタを食べながら水を飲むと、どうしても表面に油が浮いちゃうでしょう？　食事中は意外と気にならないけど。でもデザートに移行するときって、気分もリセットされているから。そうなると水の汚れが目につくかなって思って。だからグラスごと替えるようにしてるんだ』

正直、俺にはここまでの気配りなんて到底できない。

こういう理由があるから新しいグラスで提供して――と指示されればさすがに従えるとは思う。

だけどこの場合、自《みずか》ら気づいて行動を起こせる雪代さんと、言われなければ動けない俺では、店への貢献度《こうけんど》が全然違う。

とにかく雪代さんは、お客さんが求めているものをさりげなく察知して、相手がアクションを起こす前に先回りして行動に移す能力に長《た》けているのだ。

雪代さんが接客している様子を見ていると、それがすごくよくわかった。

人の心の機微《きび》を感じ取れる雪代さんの長所を、俺はとても魅力的だと感じた。

これは多分、同じ店でバイトをしなければ、なかなか気づけなかった点だろう。

雪代さんと一緒にバイトができてよかったな……。

でも尊敬するだけでなく、俺も彼女を見習っていかなければならない。

そんなことを考えていると、ちょうど食事の終わったテーブルが目に入った。

雪代さんに教わった通り、さっそく新しい水を届けに向かう。

「わ、グラス交換してくれるんですね！　うれしい！」

「お兄さん気が利《き》くー！　……って、よく見たらめちゃくちゃイケメンじゃない!?」

「ほんとだ!!　えー、彼女とかっていますかぁ？」

「いなかったら電話番号教えてほしいんですけどー！」

「えっと……」

相手は大学生ぐらいの三人組だ。

いきなりのことで驚いたけれど、全員モテそうな身なりの女性だし、きっと冗談のつもりなのだろう。

俺は対お客様用の微笑みを浮かべてから「彼女いるので」と伝え、頭を下げて席を離れた。

その一部始終を二人の女の子が偶然見ていたと知ったのは、バイトが終わってからのことだった――。

◇◇◇

「……一ノ瀬くん、あのね、さっきのことなんだけど……うれしかったな」

勤務時間が終わり、私服に着替えるため更衣室に移動しようとしたところで、雪代さんから声をかけられた。

「さっき？」

ってなんだろう？

「うん。綺麗な女の人たちに、一ノ瀬くんがナンパされたときのことだよ。か、彼女いるって言ってくれたでしょ……？」

「あ！　あれ聞こえてたんだ。……って、ごめん。勝手にベラベラ喋《しゃべ》っちゃって……！」

雪代さんの名前を出したわけではないが、それでも確認を取らずに他人に話してしまったのはよくなかった。

「雪代さんは付き合ってること、隠しておきたかったりする？」

「え!?　まさか……！　世界中の人に『私は一ノ瀬くんと恋人同士です！』って自慢したいくらいだもん。あ、でも、一ノ瀬くんは隠しておきたかったりする……!?」

慌《あわ》てながら雪代さんが尋《たず》ねてくる。

俺は笑いながら首を横に振った。

それを見て、雪代さんは心底ほっとしたように胸を撫で下ろした。

「よかった……。もし付き合ってることを黙っていてって言われたら、不安で頭の中がぐるぐるしちゃってたと思う……」

「ふふっ。ぐるぐる？」

言い回しが雪代さんらしくてかわいくて、笑みが零《こぼ》れる。

かたや雪代さんはいたって真面目《まじめ》だ。

「『本当はどこかに本命の人がいるのかも』とか。『私って彼女だって公表できないくらい残念な人間なんだ』とか……。マイナス思考に呑まれて、ぐるぐるする感じ」

「どっちもありえないよ。俺の本命は雪代さんだし、その雪代さんは残念なんて言葉とは正反対の魅力的な人だから」

「うぅ？　あ、ありがとう……。照れちゃう、どうしよう……。不安になったり、よろこんだり、感情の波やばいよね……？　私ね、変なの。頭では一ノ瀬くんは誠実な人だってわかってるのに、今みたく矛盾《むじゅん》した考えを持っちゃったり。本来は付き合ってることを自慢したいなんて思うような性格じゃないのに、結構本気で妄想しちゃったり。浮かれて、ふわふわして、自分が自分じゃないみたい。でもこれが恋してるってことなのかって思うと、うれしくもあるんだ……」

「雪代さん……」

雪代さんが、雪代さんらしい言葉で伝えてくれた想いのすべてが愛《いと》しくて、胸が苦しくなる。

これも恋をしている証《あかし》なのだろうか。

「花火《はなび》のときには一度も感じたことのない気持ちだ……」

ぽろっとそんな言葉が零れた直後、ハッとなる。

「ごめん……！　比べたとかじゃないんだ……！」

無神経すぎたと思って慌てて謝ると、雪代さんは「そんなふうに思っていないよ」と言って微笑んだ。

でもすぐ彼女は真顔になって……。

「……あの一ノ瀬くんって、その……花火ちゃんとはもうまったく連絡取ってない？」

「もちろん。花火とは二度と関わりたくないし」

「そう……だよね」

ん？　今のはどういう反応なのだろう。

「雪代さん、花火のことが気になる？」

「あ……！　……うん、花火ちゃんがどういう人なのか少しだけ知りたくて」

俺が変なふうに花火の名前を出してしまったのだから当然だ。

「あの、でも無理に聞き出そうと思ってるわけじゃなくて……！」

雪代さんがすごく焦《あせ》っているので、その仕草がかわいくて思わず笑みが零れる。

「うん、気遣《きづか》ってくれてありがとう。でも大丈夫だよ。花火のことは自分の中でもう過去のことになっているから、話題に出すぐらい全然平気なんだ。ただ花火のことで敢《あ》えて話すようなことってあるかな……」

改めて振り返ってみると、ひどいモラハラ女だったこと以外、花火の人となりを説明する言葉が出てこない。

「じゃあ私から質問なんだけど、花火ちゃんって嘘をついたりする子かな？」

雪代さん、なんでそんなピンポイントな疑問を抱いたのだろう？

首を傾《かし》げつつ、答えを返す。

「花火には人の目をやたらと気にするところがあって、ものすごく外面《そとづら》をよくしていたんだ。その取り繕《つくろ》った姿を維持するため、嘘をつくなんてしょっちゅうだった。花火の家は父親が異様に厳しかったから、その影響も大きかったのかも。花火には姉が一人いるんだけど、やっぱり花火と同じように特殊な性格をしていたし。家庭環境に恵まれなかったからって、何をしてもいいってわけじゃないけど。今振り返ると、ああいう家なら花火みたいなモンスターができあがっても仕方ないかなってちょっと思う」

「私たち子供は、生活する家庭を選べないもんね……」

雪代さんの声がわずかに震えた気がした。

違和感を覚えて視線を上げる。

しかし目が合った彼女は、いつもと同じように穏やかな顔つきをしていた。

俺の気のせいだろうか？

「――おっとー。熱っぽく見つめ合っちゃって、ここがどこか忘れてなーい？」

からかうような笑い声にぎくりとなる。

やましいことをしていたわけではないが……。

「もー！　まるでバカップルじゃん！　正式に付き合いだしたから雰囲気が変わったの？　てか二人ともそんなこと一言も言ってくれなかったじゃん。ひどくないー？」

そう言いながら近づいてきたのは、七緒つばさだ。

七緒つばさを避けるために、俺が一人で帰るようになって以降も、彼女はこの調子で平然と話しかけてくる。

ただ二人きりにならずに済んでいるので、以前のように困らせられることはなくなった。

七緒つばさと雪代さんの友達付き合いは、変わらず続いているようだ。

でもそれならなぜ雪代さんは、俺たちが付き合いだしたことを七緒つばさに黙っていたのだろう。

七緒つばさに恋愛相談をしていたはずだけれど……。

「さっきのお客さんたち、颯馬《そうま》に彼女がいるってわかって、明らかにがっかりしてたよ。モテる人はああいう誘惑多くて大変だよねえ。あーでも本人より、心配させられる彼女のほうがしんどいか！　颯馬、史《ふみ》のこと泣かせちゃだめだぞー？」

人差し指をぴんと立てて、諭《さと》すような口調で言ってくる。

七緒つばさとの会話なんて早々と切り上げたかったので、「わかってるよ」とだけ答え、その場を離れようとした。

「あ、待って。付き合いだしたなら、二人で帰りたいでしょ？　あたしは遠慮するから、今日から史と颯馬で帰りなよ。んじゃおつかれぇ」

七緒つばさは相変わらず自分のペースで言いたいことを喋りまくると、俺たちの返答を待たずに更衣室へ向かってしまった。

◇◇◇

俺が支度を終えて男子更衣室を出ると、七緒つばさはすでに帰った後だった。

おかげでまた雪代さんと一緒に帰れるようになったわけだけれど、今までの七緒つばさの行動を振り返ると、怪《あや》しく思わずにはいられない。

七緒つばさには、わざと空気を読まないようなところがあるから。

今回のような気の遣い方なんて、絶対にしなさそうなタイプだ。

……まあでもあれこれ考えたってしょうがないか。

今の状況では、判断材料が不足していて、疑問に対する答えを見つけようがない。

それにせっかく雪代さんと一緒に帰れるんだから、余所事《よそごと》に気を取られたりするのはやめよう。

そう思って雪代さんに視線を向けると、不思議なことに雪代さんもどこか上《うわ》の空な感じで歩いていた。

「雪代さん？」

「……！　ご、ごめんね！　私ったらぼんやりしちゃって……」

もしかしてまた何か不安にさせてしまっているのだろうか。

「俺のことで少しでも疑わしかったり、不審に感じることがあったらすぐに言ってね。全部しっかり否定して、雪代さんのことだけを想ってるって信じてもらえるよう努力するから」

前回のような失敗は絶対にしたくない。

そう思いながら必死に伝える。

雪代さんは目を丸くしてから、恥ずかしそうに顔を両手で覆《おお》ってしまった。

「い、一ノ瀬くん、そういうところーっ……!!」

身悶《みもだ》えてバタバタしている雪代さんは愛らしいが、言われたことの意味は理解できない。

「……一ノ瀬くんって、私がドキドキしすぎてわああってなっちゃうような言葉、さらっと伝えてくるでしょ……？　う、うれしいけど……ずるいよ……。不意打ちでそんなこと言われたら、心臓持たないもん……」

「……こういうのやめたほうがいい？」

「え……」

雪代さんが露骨に残念そうな声を上げるから、あまりのかわいさに笑みが零れた。

「ごめん。今のはちょっとからかっちゃった」

「……！　もー！　本気で焦ったのにー！」

雪代さんが軽い力で、俺の胸をぽこぽこ叩いてくる。

こんなふうに誰かをからかうのなんて初めての経験だ。

真面目で面白みのない自分の中に、今のような悪戯《いたずら》心があったなんて知らなかった。

「好きな人のことはからかいたくなるってよく聞くけど、こういう気持ちなんだね。愛《いと》しすぎて、いろんな表情を引き出したくなるっていうか……」

思ったことをそのまま口にしたら、雪代さんはますます取り乱してしまった。

その反応に、またほっこりとさせられる。

……って、本題から逸《そ》れてる……！

「雪代さん、さっきの話なんだけど……」

「あ、う、うん！　気遣わせちゃってごめんなさい……！　でも一ノ瀬くんが心配してくれたようなことじゃないから安心してね……！　だって、ふふっ。こんなに思いやってもらえてるのに、不安になるなんて言ったら、絶対求めすぎだよ。でもありがとう。すごくうれしかった。

バイトの終わり際《ぎわ》に変なこと言っちゃったけど、ほんとのほんとは一ノ瀬くんのこと心から信頼してるんだよ？　あと、さっきぼんやりしちゃってたのは……気になることがあって。でも一ノ瀬くんに対してとかじゃないから！　……ただえっと、相手の人との約束があって、話すことができないの……」

相手の人との約束？

とっさに七緒つばさの顔が浮かんだのは、バイト終わりの一件があったからだろう。

「雪代さん、本当に大丈夫……？」

「うん！」

頷いた雪代さんからは、無理をしているような素振りは見られない。

たしかに俺が不安にさせてしまったときとは、状況が異なるようだ。

前回、深く追及せずに後悔したからといって、なんでもかんでも心の内を共有してくれるよう求めるのは違う。

俺が望んでいるのは、雪代さん個人を尊重しながら、彼女を守っていくことだ。

「そっか。わかった。でももし困ったことがあったら、いつでも遠慮せずに言ってね。どんな内容でも頼ってくれたらうれしいから、それは覚えておいてほしい」

「一ノ瀬くん……。うん、ありがとう。すごく心強いな」

雪代さんは幸せそうに微笑むと、俺の手に指をそっと絡めてきた。

◇◇◇

そのメッセージが七緒つばさから届いたのは、帰宅してすぐのことだった。

――颯馬、もう家着いた？　史のことでちょっと話があるから、一人になったら連絡ちょうだい
スマホを眺めたまま、溜め息を吐《つ》く。

七緒つばさとは関わり合いたくない。

メッセージのやりとりだけでも、個人的に交わすのには抵抗があった。

雪代さんが絡んでいなければ、間違いなく返事をしていなかっただろう。

仕方なく、用件のみを入力する。

――話って？

返事はすぐに来た。

――んー。メッセージじゃちょっとなー。バイト休みの日に二人だけで会えない？

そんなの無理だ。というか嫌だ。

——それはできないよ。電話じゃだめなの？

——電話もなんて言えばいいかわかんないし。てか史のためを思って颯馬に連絡したんだけど。颯馬がわざわざ時間を作るほど史を心配してないっていうなら、もういいや！　あたしが首を突っ込むのもよくないから、颯馬に相談した後は史と二人で解決してって言うつもりだったんだよ。この状況だとそれも無理っぽいから、あたしが直接史と話すね！

七緒つばさの言葉をどこまで信じるべきか正直わからない。

具体的な内容には一切触れてこないし、嫌な予感がものすごくする。

でも俺が対応しないことで、とばっちりが雪代さんに行くような事態だけは避けたかった。

「……」

まずは雪代さんにメッセージを送り、七緒つばさから話したいことがあると言われたので、バイトの休日に二人で会ってくることを伝えた。

雪代さんからも、すぐに返信があった。

——了解です！　教えてくれてありがとう！

不意に昔の記憶が蘇《よみがえ》ってくる。

花火は俺がクラス委員の仕事で女子と二人になるだけでも鬼の形相《ぎょうそう》で大騒ぎをして、自分からは一切話しかけるなだの、相手から喋りかけられても「はい」か「いいえ」のみで答えろなどと喚《わめ》きたてた。

花火が特殊な例だったのはもう理解しているが、付き合っている相手が理由もはっきりしない用件で、他の異性と二人きりになると言われたら、誰だって多少は心配になるだろう。

にもかかわらず、雪代さんは一切詮索《せんさく》せずに、明るく返事をしてくれた。

帰り道での雪代さんの言葉を思い出す。

『こんなに思いやってもらえてるのに、不安になるなんて言ったら、絶対求めすぎだよ。でもありがとう。すごくうれしかった。バイトの終わり際に変なこと言っちゃったけど、ほんとのほんとは一ノ瀬くんのこと心から信頼してるんだよ？』

雪代さんが寄せてくれている信頼を守るためにも、七緒つばさの話とやらをさっさと聞いてしまおう。

ただし予防線を張ることは忘れない。

俺はすぐさまスマホを取り出し、オーナーの番号に電話をかけた。

第九話　NTR

それから三日が経《た》ち——。

俺は夏祭りの前日にあたる金曜日に、七緒《ななお》つばさと会うことになった。

七緒つばさが待ち合わせ場所に指定したのは、俺たちの生活圏から少し離れたターミナル駅の宮橋《みやばし》駅だ。

集合時間は十九時半。

会うのは地元で十分だし、時間だって夏休みなんだから日中で問題ないはずだ。

ところが七緒つばさは、『二人で会っているところを見られたら誤解されるから、近場は嫌だし、昼間は暑くて動けないから無理！』などと言ってきた。

こんなことでメッセージのラリーを続けるのも面倒なので、結局俺が折れることになったのだった。

七緒つばさと外で会うのは、どうせ今回だけなのだから。

明日、雪代《ゆきしろ》さんと行く夏祭りを楽しみに、この気の重い予定をなんとか乗り切るしかない。

ただし集合場所の駅まで一緒に移動するのだけは、断固として拒否した。

それに関しても七緒つばさはなかなか納得しなかったが、『二人で電車に乗っている姿を見られても、誤解されるんじゃない？　だったらわざわざ宮橋駅まで移動する意味がなくなるよね？』と言ったら、さすがに黙った。

七緒つばさが予約を入れていたのは、繁華街にある個室タイプのカフェだ。

「外でこんなふうに会うのって変な感じー！　しかも二人とも私服だし。やっぱこんなところ見られたら、絶対デート中だって誤解されちゃうよ。ね！　颯馬《そうま》もそう思うでしょ？」

「興味ない。誤解されようが、事実なわけじゃないから」

「えー？　でもあたしと颯馬がデートしてたなんて噂が、史《ふみ》の耳に入っちゃったら大変じゃん。あたし、前にも似たような勘違いされたことがあってー。そういうとき女って、自分の男じゃなくてこっちを責めてくるんだよ。あんな面倒なの二度とごめんだからさ！　颯馬、大丈夫？　今日あたしと会ってるの、ちゃんとバレないようにしてきてくれた？」

「今日のことなら、雪代さんに知らせてあるけど」

「えー⁉　うそ⁉　史に言っちゃったの⁉」

七緒つばさは大げさに声を上げたが、本気で驚いている様子は見られない。

恐らく想定の範囲内だったのだろう。

「もー！　史のことで話があるって言っておいたのにー！　絶対帰ったらいろいろ尋《たず》ねられちゃうじゃん。まあ、適当に誤魔化しといてよね！」

もちろんそんな嘘を雪代さんにつくつもりはない。

でもそのことを七緒つばさに宣告する必要性も感じなかった。

「それより話って？」

「いきなり本題に入るの？　あたしはいいけど、結構パンチきいてる内容だよ。いいの？」

「問題ないから」

「えーでもうーん。あたし的には場をあたためたいっていうかー」

無言でいたほうが、こちらの気持ちが伝わるのではないか。

そう考えて黙り込む。

まったく空気を読まない七緒つばさは、とことん焦《じ》らすつもりなのか、おもむろにメニューを開いて、ドリンクや料理を選びはじめた。

何も頼まないのはお店に迷惑なので一応オーダーはしたが、それ以外の無駄な雑談に対しては無言を貫《つらぬ》き通した。

「はぁ……。空気重っ。場を和《なご》ませてから話したほうが絶対いいのに。あたしの気遣《きづか》い全無視なんだから。颯馬って空気読むタイプに見えて、意外とマイペースだよね」

「……」

「わかった、わかった、わかりましたー！　もうそこまで気になるっていうなら話すから！　あ、でも先に念を押しとくけど、あたしは別に颯馬と史の関係をこじれさせようとしてるとかじゃないからね！　ただ純粋な気持ちで、まったく疑ってない相手を裏切るのとか、人としてちょっとどうかなーって感じただけで。史にはそんな人間になってほしくないし。史のためにも、ここはあたしが悪役になって、目を覚まさせてあげるべきだって考えたわけ！」

「つまり？」

「つーまーりー、あの子、浮気してるんだよ」

「……帰るね」

呆《あき》れて立ち上がろうとした俺の手を、七緒つばさが摑んで引き留める。

「信じたくない気持ちはわかるよ？　でも証拠だってばっちりあるんだから。真実から目を背《そむ》けるだけじゃ二人のためにならないよ」

何をもって証拠だと言っているのか、確認する必要はありそうだ。

もし俺が相手にしなければ、七緒つばさは恐らくその証拠とやらを雪代さんに見せるだろう。だったらそれが雪代さんを傷つけるものではないかどうかだけは、確かめなければならない。

俺が再び座り直したのを見て、七緒つばさは満足そうに微笑んだ。

自分の撒《ま》いた餌《えさ》に、俺が釣られたと受け取ったのだろう。

「証拠があるなら見せて」

「もちろん。ちょっと待って！」

スマホを取り出した七緒つばさは、しばらく操作を行ってから、自分の撮った動画を見せてきた。

「これ、まだ夏休みに入る前、バイトの帰りに撮ったんだけど。史ったら、家に帰らず逆方向の電車に乗ってるでしょ。これって颯馬と約束してたとかじゃないよね？　なんとなく心配だったから、史の最寄《もよ》り駅に移動して待ってみたんだけど。史、結局終電まで駅に現れなかったんだよ！」

たしかに動画の中の雪代さんは、七緒つばさが言っているとおりの行動を取っていた。

動画に映っているのはよく似た別人ではなく、雪代さん本人だし、俺はバイト後に雪代さんと待ち合わせをしたことなどなかった。

とはいえ、こんな動画で浮気を疑うわけがない。

終電まで駅に現れなかったというのだって、七緒つばさが言っているだけで、その部分の映像があるわけではないのだ。

「そもそもなんでこんな動画を撮影しようと思ったの？」

動画は明らかに隠し撮りしたものだった。

七緒つばさが駅で雪代さんを待ち伏せしなければ、この動画は撮影できなかったはずだ。

となると七緒つばさは、雪代さんが逆方向の電車に乗るとわかったうえで、準備をしていたことになる。

俺がそう指摘しても、七緒つばさはとくに動揺することなく頷《うなず》いただけだった。

「史が逆方向の電車に乗るのは、これが初めてのことじゃなかったから。その前の週の土曜日も同じことをしてて、あたしはそれを偶然目撃したの。その週の土曜日はあたしと同じ電車に乗らないために、お店に忘れ物しちゃったって言って姿を消したんだけど。日曜日はあたしと同じ電車に乗って、史の最寄り駅で降りたけど、多分あたしがいなくなったあと、引き返したんじゃない？　って、颯馬も混乱するだろうから順を追って話すよ。まず確認したいんだけど、颯馬気づいてた？　史が土日になると着替えの服を持ち歩いてるの」

七緒つばさは同情していると言いたげな表情で、俺の顔を見つめてきた。

「あたし、更衣室で偶然見ちゃったんだ。史のバッグの中に、二日分の着替えが入ってるのを。最初に引っかかったのはそのとき。史ったらあたしの視線がバッグに注がれてるのを見て、さりげなく隠したんだよね。ただ最初はそこまで気にしなかったよ？　夏だし、日中汗かくじゃん。だからバイト終わりに、制服じゃなくて汚れてない私服に着替えたいのかなーって。けど違った。史、普通に仕事終わりに制服着たから。まあ、そのときは『ん？』って思ったぐらいだったけど。でも次の日、史に会ったら……。高校が休みの土曜日だから、私服で出勤してるわけだけど、史ったら前の日バッグにしまってた服を着てたんだよ。しかも翌日の日曜日には、バッグにしまってあったもう一セットの服で現れたんだ。友達の家に泊まったとかなのかなーって思って、それとなく史に尋ねてみたんだ。『昨日の夜、家にいた？』って。そしたら

『うん、ずっと家にいたよ』ってあの子言ったの」

一息つくために、七緒つばさはドリンクに手を伸ばした。

「もちろんこの時点では、不思議な話だとは思いながら史の浮気自体は疑ってなかった。ただじゃあなんで服を持ち歩いてたんだろうって気になるじゃん。直接訊《き》こうかとも考えたけど、何もやましいことがなかったら、こそこそしないでしょ？　それで次の週の土日も気にしてたら……やっぱりまた史のバッグの中に、着替えが入ってるから！」

「それで雪代さんの行動を隠れて観察したってこと？」

「そう。そのときに一応と思って動画も撮ったんだ。週末分の着替えを持ち歩いて、逆の方向の電車に乗って、一晩中家に帰らない。颯馬には悪いけど、こんなのもう何してるかバレバレじゃん。ちなみにその日、史にメッセージを送ってみたけど、あの子ったら前の週と同じよう

に『家にいるよ』って嘘をついたから」

「七緒さんがした話の中で、動画っていう証拠が残ってる部分は雪代さんが逆の方向の電車に乗った、っていう一点だけだよね。他の要素は全部作り話な可能性だって十分ありえる。それを俺が鵜呑《うの》みにすると思うの？」

「信じるか信じないかは颯馬次第だけど、まだ続きがあるから一旦最後まで聞いてよね。それに残念ながらもっと明確な証拠があるんだ」

これでやっと帰れると思っていたから、次の証拠の話を出されてがっかりする。

そのタイミングで、俺のスマホが鳴り響いた。

画面を見て驚く。

表示された名前は雪代さんのものだった。

「ごめん、ちょっと電話」

「史、心配しちゃったんだ？　いいよ、いいよ。外でしてきなよ。適当に食べてるからー」

今振り返れば、このときの態度も明らかに七緒つばさらしくなかった。

電話の内容になどまったく興味がないという感じだったのも、気を利《き》かせて外で話してくるよう提案してくれたことも……。

それなのに雪代さんのことが気になっていた俺は、深く考えず個室から出てしまった。

多分その場で違和感に気づけなかったのは、俺のほうも、雪代さんとの電話の内容を七緒つばさに聞かれたくないという考えを抱いていたからだろう。

「もしもし雪代さん？　すぐ出られなくてごめん。店外まで移動してたんだ。どうしたの？」

「ごめんね。出かけてるときに連絡したりして……！　さっきつばさちゃんからメッセージが届いて。一ノ瀬くん、つばさちゃんと二人で出かけることにすごく罪悪感を持ってて、すぐに帰ろうとしたって聞いて……。私、大丈夫だから。気にせずゆっくり話してきてね……！」

「……そう言うように七緒さんに頼まれた？」

「あ、えっと……うん。『史さえ嫌じゃなければ、今すぐ電話で颯馬に気にしてないって伝えてくれない？』って」

そんなふうに言われて、雪代さんが断れるわけがない。

「そっか、わかった。でも話が終わったらすぐ帰るよ。家に着いたら電話してもいい？」

「うん、もちろん！」

顔が見えなくても、雪代さんの声が弾《はず》んだのがわかる。

帰りたい気持ちが、今まで以上に膨《ふく》れ上がる。

七緒つばさが言っていた第二の証拠なんて、どうせひとつめの動画と同じで、取るに足らない内容だろう。

それを確認してさっさと退散しよう。

席に戻ると、ドリンクのおかわりが俺の分も勝手に注文してあった。

店のことを考え、一気に半分まで飲んだ後、脇に押しやる。

「それで他の証拠って？」

「わかってるって。今出すから」

七緒つばさが再び自分のスマホの操作をはじめる。

どうやらまた動画を見せるつもりらしい。

ジリジリしながら七緒つばさの指の動きを目で追う。

俺の記憶は、そこで途切れた。

◇◇◇

呆然としながら必死に記憶を呼び起こそうとしている俺のことを、七緒つばさが面白がるような瞳で眺めている。

「どうしたの、颯馬？　そんなに慌てて。心配しなくても、昨日の夜のことを史に言ったりしないから。安心していいよ」

薄ら笑いを浮かべた七緒つばさが、俺の腕に手を添えてくる。

反射的に振り払うと、七緒つばさはクスクス笑って、自分の手を擦《さす》った。

「なにその態度。昨日はあんなに甘えてきたのに。あたしが一度したくらいで、彼女ヅラするようなタイプじゃなくてよかったね。勘違いしちゃうような、いかにもな女の子が相手だったら、絶対めんどくさいことになってたよ？」

訳知り顔でそんなことを言いながら、ベッドに腰掛けていた七緒つばさが立ち上がる。

「あたしシャワー浴びてくんね。口裏合わせの嘘は、出てから一緒に考えよ。あー、あと、颯馬が寝てる間に何度も電話がかかってきてたよ。どうせ史からだろうけど。言い訳を考えるまでは、かけ直さないほうがいいんじゃない？」

ひらひらと手を振って、七緒つばさがバスルームに続くドアの向こうに消える。

「……」

俺は無言のまま自分の姿を見下ろした。

上半身は裸。

下半身にはシーツがかかっている。

今いるのはベッドの上。

見慣れないこの部屋はどこかのホテルの一室らしい。

第十話　雪代史の戦い

つばさがバスルームから戻ると、すでに颯馬《そうま》の姿はなかった。

テーブルの上には、昨夜の食事代とホテルの一泊分を合わせても充分すぎる額のお金が残されている。

「あはは。颯馬ってば、はめられて連れ込まれたのに律儀《りちぎ》だなぁ。あたしにこれ以上借りを作りたくないって思ったのかもしんないけど。どっちにしろ史《ふみ》にはもったいない相手だよね」

独り言を呟《つぶや》きながら、スマホを操作する。

画像フォルダの中には、上半身裸でベッドに横たわる自分と、颯馬の姿がバッチリ映っている。

この写真さえあれば、目的を成し遂《と》げることなんて容易《たやす》い。

満足げに唇をなめたつばさは、昨晩、とある人物と交わした電話での会話を思い返した。

『もしもーし、お疲れ様でーす！　例の計画バッチリ成功しました！　もらった薬めちゃくちゃ効果あって。──はい。あー、それは絶対大丈夫ですよ。史って彼氏が浮気して受け入れられるようなタイプじゃないんで。経験が浅くて、純ぶってる子なんで。あんな写真見せられたら、一瞬で彼氏のことキモくなりますよ』

つばさは、思わずこみ上げてきた笑いで、体を震わせた。

史が着替えを持ち歩いていることや、週末家に帰っていない話をしても颯馬がまったく食いついてこなかったときにはさすがに少し焦《あせ》ったが、結局すべて上手《うま》くいった。

「二つ目の証拠をちらつかせたのがよかったな。あたしってば天才！」

おかげで薬を盛るタイミングがやってきたのだ。

機転を利《き》かせて動いた自分を褒《ほ》めてあげたい。

「颯馬ったらまんまと騙《だま》されちゃって。二つ目の証拠なんて存在しないのに！」

◇◇◇

同じ日の朝。

一晩中眠れずに過ごした史は、ぎゅっと抱きしめていたクッションに、何度目かわからない溜め息を吐《つ》いた。

家に帰ったら電話をすると言っていた颯馬から、何の連絡もないまま夜が明けてしまった。

颯馬は理由もなく約束を破るような人ではない。

「……きっと帰る時間が遅くなっちゃって、私がもう寝ちゃったたって思ったんだ」

その場合でも、颯馬はメッセージを残してくれる人だ。

そう知っているから、適当な理由で自分を納得させることができない。

「……一ノ瀬くんが事故にでも遭《あ》ってたらどうしよう」

連絡が来ない原因が他には浮かばず、絶望的な気持ちになる。

こちらからの着信は何回か残した。

つばさの電話にももちろんかけてみた。

メッセージも送った。

反応がないのは颯馬と同じだった。

時計を確認すると、九時過ぎ。

今日は宮橋《みやばし》神社のお祭りに、颯馬と行く約束をしている。

待ち合わせ時刻は昼の十二時。

でもその時間まで、部屋でじっとしているなんて耐えられない。

颯馬たちが昨晩出かけた宮橋駅まで向かってみようか。

「……でもそういう行動って、束縛の激しい干渉《かんしょう》しすぎな彼女っぽいかな」

気にしすぎだろうか……。

寝ていないせいで頭がしっかりと回らない。

迷いながら部屋の扉の前に立ち尽くしていると、突然手にしているスマホが鳴り響いた。

大げさなほど肩が震える。

慌《あわ》ててスマホの画面を確認する。

表示されているのは、颯馬の名前だった。

◇◇◇

さらに同時刻。

今日の予定のためアラームで目を覚ました桐ケ谷太一《きりがやたいち》は、大欠伸《おおあくび》を浮かべつつ、何とかベッドから這《は》い出た。

昨日は金曜の夜ということもあり、かなり遅い時間まで遊び歩いていたので、まだ眠くて仕方がない。

如月花火《きさらぎはなび》のおかげで羽振りがよくなってから、一緒に夜遊びする女は入れ食い状態だ。

金があれば女子大生だって簡単に捕まるし、こちらが高校生だからって子供扱いされることもない。

「まぁ当然だよな」

花火を使って稼いだ金で購入したハイブランドの服に袖《そで》を通しながら、ククッとほくそ笑む。

金銭的に余裕があるだけでなく、利口な自分はそこらの十七歳よりずっと精神年齢が高い。

だから女子大生とも、対等に渡り合えるのだ。

「こんなことなら、もっと早くビジネスの才能があるって気づくべきだったよなぁ」

モテるために陸上部の練習を必死になってしていた自分を思い返し、笑ってしまう。

確かに陸上部のエースと呼ばれていた頃も、モテてはいた。

でもそんなのは校内だけの話だし、同世代以上の女には、足の速さなんてモテバフとして機能しないのだ。

「まだ高校に通ってる段階から、その真実を見つけるなんて、ほんと俺って優秀すぎるな。もはや無敵じゃん」

ただし無敵であり続けるためには、収入源である花火の存在が欠かせない。

颯馬の動画がこちらの手元に存在している限り、花火が逃げ出すことはないだろうが、定期的に脅《おど》しをかけて、自分の立場をわからせておいたほうがいいだろう。

罪悪感は微塵《みじん》も抱いていない。

「あのクソ女のせいで、散々な目に遭《あ》わされたんだからな」

これは正当な報復なのだ。

学校を停学になったことだけではない。

体育祭で大恥をかかされた。

そのせいで人気者の座から転落し、誰からも相手にされなくなった。

学校にはもう居場所がない。

そのせいで最近は頻繁《ひんぱん》に休んでしまっている。

嫌われ者のような扱いを受けて、それでも平然と通学できるような無神経な人間ではないのだ。

「あの女は『人気者の桐ケ谷太一』を抹殺したんだ。俺は殺人犯に罪を償《つぐな》わせてやってるだけだ」

鏡に映った自分の顔には、満足そうな笑みが浮かんでいる。

確かに今の自分は人生で最も満たされていた。

弱みを握り、相手の全てを支配する行為は、未知の快感を与えてくれた。

桐ケ谷は時間を確認しつつ、下半身に手を伸ばした。

報復の為、金の為、モテるため、快感のため。

本当の動機がどれなのか、実のところ桐ケ谷本人もよくわかっていない。

ベルトに手をかけたところで、突然着信音が鳴った。

「はあ?」

最悪のタイミングだ。

相手は誰か。

名前を確認したところで、うんざりした気持ちが増した。

「……もうこいつとは関わりたくないんだよな」

利用できるかと期待したのに、思ったより全然役に立たなかった。

「この辺で切るか」

なんとなく惰性《だせい》で関係を続けていたけれど、周りにもっと魅力的な女が増えた今、キープをしておく必要性も感じない。

桐ケ谷は着信を無視すると、再び自分のベルトに手をかけた。

◇◇◇

颯馬との電話を終えた史は、そのまま急いで駅へと向かった。

夏祭り用にタンスから出しておいた浴衣《ゆかた》に着替えることはしなかった。

移動しながら、颯馬から聞いた話を整理する。

颯馬はまず昨夜連絡できなかったことを謝ってきた。

何があったのかについては、会ってから説明をさせてほしいと言われた。

史だって颯馬の顔を直接見たかったので、もちろん二つ返事で承諾《しょうだく》した。

『どこに会いに行けばいい？』

そう尋《たず》ねると、颯馬は耳を疑いたくなるような言葉を口にした。

『少しだけ時間をもらえるかな。これから病院に行きたくて』

血の気《け》が引く。

やっぱり颯馬の身に何かがあったのだ。

颯馬は『少し頭痛がするだけで、それ以外に身体的な問題はないから心配しないで』と言った。

結果がわかり次第連絡をくれると言うので、一旦電話を切った。

颯馬はまだ昨日出かけた宮橋駅近辺にいて、病院もその近くにあるそうだ。

史もひとまず宮橋駅まで移動することを決め、最寄《もよ》り駅へ向かったのだった。

最寄り駅の改札を潜《くぐ》った史は、ホームから聞こえてきた声を耳にして足を止めた。

（この声って……）

物陰からそっと様子を窺《うかが》う。

ホームにいる桐ケ谷が誰かと電話をしている。

史はこの一カ月間、桐ケ谷の動向を探っていたので、彼と最寄り駅が同じだということも、当然知っていた。

しかしこんな風に鉢合わせになったのは初めてだ。

「すいません、いつもと違ってホテル代プラスでかかっちゃって。——そうなんすよ。今日は祭りがあるんで、人出も多いし。さすがに公衆トイレで、男の相手をさせてるとこなんて見られたらやばいかなあって」

史は物影に隠れたまま、ごくりと息を呑んだ。

一カ月前公園で会った花火は、桐ケ谷とよりを戻したと言っていた。

花火の態度や乱れた着衣から、花火の言い分を疑った史は、密かに桐ケ谷の様子を観察し続けてきたのだった。

史のお節介を花火が喜ばないことはわかっている。

それでも行動せずにはいられなかった。

そのぐらいあのときの花火の姿は、史の胸を痛めさせたのだ。

史は毎日、休憩時間や昼休みになるたび、桐ケ谷のクラスを覗《のぞ》いてみた。

謹慎処分が解かれた後も、桐ケ谷はしょっちゅう学校を休んでいるようで、彼を見かける機会はそうそうなかった。

しかも登校してきても、以前の桐ケ谷からは想像がつかないくらいおとなしくしている。

誰とも喋《しゃべ》らず、ひたすらスマホをいじってばかりいるのだ。

桐ケ谷と同じクラスの生徒にそれとなく尋ねてみたところ、林間学校行以降、桐ケ谷はクラスメイトたちから無視されているらしい。

もともと体育祭での行いにより、人気がガタ落ちしていたところにきて、林間学校で颯馬に対して行った悪質な行動が決め手となり、完全に嫌われてしまったようだ。

桐ケ谷に彼女がいるかという質問もしてみたら、『あんなクズと付き合う子なんているわけない』という返事が戻ってきた。

残念ながらそれ以上の情報は得られなかったので、史はバイトのない日の放課後、桐ケ谷の動向を探ることにした。

桐ケ谷は毎回繁華街の駅に向かった。

誰かと合流する場合、相手は必ず少し年上の派手な身なりの女性だった。

毎回別人だが、みんな雰囲気がよく似ている。

彼女たちは桐ケ谷にぴったりとくっつき、ときには腕を絡《から》ませていた。

桐ケ谷もそれに応《こた》えて、腰を抱いたり、肩を抱いたりする。

その姿を見れば、単なる友人同士ではないことが伝わってくる。

桐ケ谷と花火がよりを戻したというのは、やはり嘘である可能性が高そうだ。

ただそれ以上、桐ケ谷について知ることはできなかった。

女性たちと合流しない日の桐ケ谷は、デート中とは比べものにならないほど慎重で、絶えず周囲を警戒しているのだ。

そのため後をつけることなど到底できなかった。

人に知られるわけにはいかない、何かやましいことをしているのは明白だ。

それに花火が巻き込まれているのではないか。

根拠はないが、史はそんな気がして仕方なかった。

その直感は正しかったのだと、今聞こえてきた桐ケ谷の電話の内容が証明している。

(男の相手をさせている……)

言葉の意味は理解できても、事実をなかなか飲み込めない。

電車が一本出たばかりだから、ホームには桐ケ谷以外誰の姿もない。

そのせいで警戒心が緩《ゆる》んでいるのだろう。

桐ケ谷は史に盗み聞きされていることも知らずに、電話相手との会話を続けた。

「——はい、もちろん。ホテル代まで出してもらうんで、やりたい放題っすよ。——殴る？　あーもう、全然全然。死ななきゃ何しても構わないんで。——文句？　絶対言わないですよ。俺がバッチリあの女の弱みを握ってるんで。——うっす。うーっす。んじゃ花火と合流して、宮橋駅のホテルの前に向かいます」

改札に人が増えてきたタイミングで、桐ケ谷は電話を切った。

桐ケ谷の言っていたことを頭の中で反芻《はんすう》しながら、史は怒りのあまり涙がこみ上げてくるのを感じた。

(殴るとか、何をしても構わないとか……)

そんな目に、花火を遭わせるわけにはいかない。

(でもどうしたらいいんだろう……)

病院に行っている颯馬のことも気がかりだ。

診察が終わり次第連絡をくれることにはなっているが、颯馬と合流できたとしても、花火のことを彼に伝えるわけにはいかない。

公園で目撃したことを颯馬には絶対話さないという、花火との約束がある。

考え込んでいる間に次の電車が来てしまった。

桐ケ谷が乗り込んでいく。

もともと史も宮橋駅に向かうつもりではいたので、同じように電車に乗った。

ただし桐ケ谷にバレないよう、隣の車両を選んだが。

電車は祭りの影響で、いつもよりかなり混雑している。

花火の連絡先は知らないので、待ち合わせ場所に行かないよう説得することはできない。

こうなったら、もう桐ケ谷と花火が合流したタイミングで、割って入っていくしかなさそうだ。

宮橋駅までは電車で二十分。

うまくいけば颯馬から連絡が入る前に、桐ケ谷の計画を止められるだろう。

隣の車両を気にしながらそわそわしていると、不意に声をかけられた。

「雪代《ゆきしろ》?」

顔を上げれば、そこには蓮池《はすいけ》の姿があった。

「雪代も祭りに行くのか?」

その言葉で理解する。

蓮池のほうは祭りに向かうため、電車に乗っているのだ。

「あれ、でも一ノ瀬は？　一緒に行くんじゃないのか？」

こちらも祭りを見に行く目的で、この電車に乗っているのだと思い込んでいるらしく、蓮池が不思議そうに尋ねてくる。

なんと返せばいいのか。

史は数秒間悩んだ。

颯馬がどうして病院に行ったのかわからない以上、たとえ相手が蓮池であれ、話すことは躊躇《ためら》われた。

「えっと……一ノ瀬くんはもう宮橋駅のほうにいて」

当たり障《さわ》りのない範囲でそう説明する。

蓮池は特に疑問を感じなかったらしく「そうかそうか」と言った。

嘘を伝えたわけではないけれど、どうしても罪悪感がこみ上げてくる。

「蓮池くんはお祭りに行くの？」

「ああ。綾菜《あやな》に誘われてて。……実を言うと気持ちの整理がしたかったから、一ノ瀬と雪代が家に来てくれた日の後、綾菜とは一度も会ってないんだ。でも俺の中である程度考えもまとまったから、今日はしっかり話をしてくるつもりだ」

「そうだったんだ……」

「綾菜は面倒な話が嫌いだから、もしかしたら鬱陶《うっとう》しがられて振られるかもしれないけど。それならそれでしょうがないと腹を括《くく》ったんだ。今のままの付き合い方じゃどっちみち限界が来ていただろうしな」

振られるかもしれないと考えているのにもかかわらず、蓮池の表情はすっきりして見える。きっと蓮池は時間をかけて自分と向き合うことで、恋愛の薄暗い泥沼から這い出せたのだろう。

「もし俺が振られたら、一ノ瀬と二人でヤケカラオケ付き合ってくれよな」

「もちろん！」

史が食い気味に答えると、蓮池はハハハと明るい笑い声を上げた。

できれば蓮池が悲しむような結末にはならないでほしい。

史は心からそう願った。

蓮池は綾菜と合流するため、次の駅で降りていった。

再び一人になった史は電車の連結部付近に移動すると、そこから隣の車両をこっそりと覗いてみた。

桐ケ谷は扉のすぐそばに立って、スマホを操作している。

そのまま宮橋駅に着くまで、桐ケ谷は変わった動きを見せなかった。

史のスマホにも、まだ颯馬からの連絡は入ってこない。
宮橋駅では乗客のほとんどが降りた。
みんなきっとお祭りへ向かうのだろう。
史は人混みに紛《まぎ》れながら、桐ケ谷の背中を追いかけた。
桐ケ谷はまっすぐ改札へ向かっていく。
改札前にある小さな花屋、その脇には待ち合わせ目的の人々がずらりと並んでいた。
（あ……）
その並びの一番端にいるのは花火だ。
青ざめていて生気がないが、それでも花火のかわいさは際立《きわだ》っていた。
その証拠に通り過ぎていく若い男たちが、振り返ってまで花火を眺めている。
声をかけようとしている者の姿もちらほら見受けられた。
「おい、花火」
桐ケ谷はわざと大きい声で花火を呼ぶと、彼女のもとにズカズカと近づいていった。
周りの男たちが「なんだ男連れか」と零して離れていく。
史は、桐ケ谷が勝ち誇った顔で周囲を眺めるのを見逃さなかった。
「さっさと行くぞ」

「……」

桐ケ谷が現れたことで、いっそう暗くなった花火の表情を見て確信に変わる。

やっぱりよりを戻したという花火の言葉は、偽《いつわ》りだったのだ。

桐ケ谷が歩きだす。

俯《うつむ》いた花火がその後に続こうとする。

「ちょっと待って」

史はそう言いながら、桐ケ谷の前に立ちはだかった。

桐ケ谷の口がぽかんと開く。

その顔にみるみる憎しみの色が広がっていった。

「おまえ、一ノ瀬の女……」

史本人は桐ケ谷と絡んだことなど一切なかったが、どうやら一方的に敵意を持たれているらしい。

だからといって怖気《おじけ》づいて引き下がるつもりなどなかったが。

「なんだよ、おまえ。何か用?」

「用があるのはあなたではなく、花火ちゃんのほうなので」

「はあ?　花火?」

どうなっているんだというように、桐ケ谷が花火を振り返る。

花火は困惑《こんわく》しながら、桐ケ谷ではなく史のことを見た。

「おい、花火。まさかおまえ、この女に話したのか？」

ぎょっとしたように花火の目が見開かれる。

「私、何も言ってません……」

桐ケ谷に怒鳴りつけられた花火は、怯《おび》えた瞳で首を横に振った。

「花火ちゃんから聞いたんじゃなくて、あなたの跡をつけてきたんです。そうすれば花火ちゃんと会えると思って。駅のホームで、電話相手の方とよからぬ相談をされてましたよね？　私、それを聞いていたんです」

「は？　あのとき、ホームには誰もいなかった。嘘をつくなら、もっとましな――」

「『すいません、いつもと違ってホテル代プラスでかかっちゃって。――そうなんすよ。今日は祭りがあるんで、人出も多いし』と、電話相手に言ってましたよね？」

「……！」

「もっと続けたほうがいいですか？」

桐ケ谷はそれには答えず、忌々《いまいま》しそうに史のことを睨《にら》みつけてきた。

「電話であなたが言っていたようなひどい目に、花火ちゃんを遭わせるわけにはいきません」

そこまで伝えると、桐ケ谷は高笑いをした。

「やっと理解できた。つまり人の電話を盗み聞きしていた女が、鬱陶しい正義感を振りかざして、勝手に首を突っ込んできたってことか。いいことをしてるつもりかもしんないけど、あんたの行動、空回ってるから」

ニヤリと笑った桐ケ谷が、花火に視線を向ける。

「なあ、花火？　ありがた迷惑だって教えてやんなよ」

「……帰ってください」

花火は搾《しぼ》り出すような声で、史に向かってそう言ってきた。

史が現れた直後には、驚きの表情を見せた花火だったが、いつの間にかまた、生気の感じられない顔つきに戻っている。

「花火ちゃんと一緒じゃなければ、立ち去るつもりはありません」

史がそう断言すると、桐ケ谷のほうが花火より先に反応を示した。

「はぁ、まったく……。あのさあ、あんまり花火を困らせないでやってくんない？　あんたがなんて言おうが、花火は俺を裏切れないいんだから」

「……どういう意味ですか？」

「どういう意味って……あー、そういえばあんたも花火と同じで、一ノ瀬の信者だったな。それなら話が早い」

唐突に桐ケ谷の口から、颯馬の名前が出されて不安になる。

「一ノ瀬くんがどうしたんですか……」

警戒しながら尋ねた史に向かい、桐ケ谷は意地の悪い笑みを見せた。

「俺のこのスマホには、一ノ瀬の恥ずかしい動画が保存されてるんだよ。そこの性格の悪い花火ちゃんが俺と付き合ってる頃、一ノ瀬を馬鹿にするために、動画を共有してくれたんだ」

「……！」

史は言葉を失って、花火のほうを振り返った。

花火は自分のしてしまったことを恥じるように俯いている。

「あんたが動画の内容を知りたいっていうなら、見せてやってもいいけど。こんなものネットにばらまかれたら、一ノ瀬は終わりだろうな。どう？　見てみる？」

動画の存在が嘘ではないことは、花火の態度が証明している。

だったら内容を確認する必要はない。

（きっと一ノ瀬くんは見られたくないはずだから……）

史が毅然《きぜん》とした態度で断ると、桐ケ谷は不満そうに鼻を鳴らした。

「つまんない女」

「あなたはその動画を使って、花火ちゃんを脅迫しているんですね？　あなたのしていることは犯罪ですよ」

「たとえ犯罪でも、花火は警察に駆け込めないから。そんなことしたら、俺が動画をばらまくのなんて目に見えてるしね。あんたも同じ理由から行動を起こせない。だろ？」

「……」

悔しいけれど桐ケ谷の言う通りだ。

桐ケ谷のもとに動画がある限り、史には動きようがない。

史の視線が、桐ケ谷の手にしたスマホに注がれる。

それに気づいた桐ケ谷は、史を挑発するように舌を出してみせた。

「まさかこのスマホを奪えばいいとでも思ってる？　金の卵を産む大事なデータだよ？　コピーを取ってあるに決まってるだろ」

史は悔しさのあまり唇を噛みしめた。

「ったく、あんたのせいで時間を無駄にしたよ。おい花火、行くぞ。クライアントをこれ以上待たせるわけにはいかないからな」

立ちはだかっていた史を押し退《の》けるようにして、桐ケ谷が歩きだす。

桐ケ谷は、花火がついてくることを疑っていない様子だ。

このまま放っておいたら、花火は連れていかれてしまう。

花火のことを諦《あきら》めて、桐ケ谷に差し出すつもりはない。

でも、だったらどうすればいいのか。

狡猾《こうかつ》な桐ケ谷のほうが、明らかに史よりも上手《うわて》だ。

そのとき――。

病院での診察が終わったのか、史のもとに颯馬から電話がかかってきた。

「一ノ瀬くん……」

着信の表示を見て史がそう呟くと、花火と桐ケ谷の顔つきが変わった。

「颯馬センパイには、絶対に言わないでください……!!」

真っ青になった花火が、必死の形相《ぎょうそう》で懇願《こんがん》してくる。

桐ケ谷は黙っているが、明らかにこちらの出方を窺っている。

史は、大丈夫だというように花火に頷いてみせてから、颯馬の電話に出た。

『もしもし、雪代さん？　今、診察が終わって――』

周囲の雑音に加えて、祭りのアナウンスがひっきりなしに繰り返されているせいで、颯馬の声が聞き取りづらい。

「一ノ瀬くん、私……」

ひとまず宮橋駅まで移動してきたことだけでも伝えようとしたところで、桐ケ谷にスマホを取り上げられてしまった。

「おい、あいつに余計なこと言うなよ!!」

桐ケ谷は史のことを怒鳴りつけると、勝手にスマホの電源を落とした。

「……！　何するんですか。返してください」

「無理無理。一ノ瀬を呼び出されたら面倒だから。今すぐあんたに返すわけにはいかないよ。後で花火に預けておくから。後日受け取って」

身勝手なことを言って、桐ケ谷が史のスマホを自分のポケットにしまう。

そのまま今度こそ花火を連れて立ち去ろうとする。

史は何の策も浮かばないまま、とっさに花火に抱きついた。

「だめ、花火ちゃん！　ついていかないで……！」

「は!?　ななな何してるんですっ!?」

抱きしめられた花火が、素頓狂《すっとんきょう》な悲鳴を上げる。

動揺した花火が暴れても、史は花火のことを放さなかった。

「何なんだよ、あんた……。ほんと鬱陶しすぎるんだけど。何やっちゃってんの？」

史のスマホを奪い取った余裕からニヤついていた桐ケ谷が、再び剝《む》き出しの苛立《いらだ》ちをぶつけてくる。

それでも史は怯《ひる》まなかった。

「何をされようが花火ちゃんを解放する気はないので。恫喝《どうかつ》しても無駄です」

「これ以上余計なことすんなら、すぐにでも一ノ瀬の動画をばらまくから」

「本当にできるんですか？」

「なんだって？」

「あなたは動画を使って花火ちゃんを脅してるんですよね？　もし動画を公開したら、その時点から花火ちゃんはあなたの命令を聞かなくなります。それはあなたにとってマイナスなのでは？」

あの電話の内容から察するに、桐ケ谷は花火を使って小遣《こづか》い稼ぎをしている。

いや、命じている内容から推測して、小遣いとは呼べないくらいの金額を得ているはずだ。

桐ケ谷のような人間は、その収益を失う事態を何よりも避けたいのではないか。

咄嗟《とっさ》にそこまで考えを巡らせた史は、一か八かで行動を起こし、桐ケ谷の反応を確かめたのだった。

史の言葉を聞いた桐ケ谷は、露骨に浮き足立った。

史の予想が的中したのだ。

「この場で動画を公開しますか？」

「……」

「できませんよね」

「ああああっ、めんどくせーなッ!!　だったら力ずくで連れてってやる!!」

追い詰められて冷静さを失った桐ケ谷が、花火を抱きしめている史の腕を、強引に引き剝《は》がそうとする。

「……っ」

腕が痛くて、史は思わずか細い悲鳴を上げた。

「ねぇ、あれやばくない？」

「ほんとだ。喧嘩してんの？」

「えー、男やば……」

「警察呼んだほうがよくない？」

「てか誰か止めに入ったら？」

さすがに周囲の人々も、史たちが揉《も》めていることに気づいたらしく、ざわつきはじめた。

右手を捻《ひね》り上げられた史は、それでも花火から左手を放そうとはしなかった。

「このくそ女……！」

周囲の様子に焦ったらしく、冷静ではなくなった桐ケ谷が、史の頬を殴りつけようと構える。

「さっさと放せって言って――」

「何してるの？」

桐ケ谷の拳が繰り出されようとしたそのとき。

背後から桐ケ谷の腕を摑んで史を守ってくれたのは、ここにいるはずのない颯馬だった。

第十一話　「それが何？」

桐ケ谷《きりがや》の腕を摑んだまま、俺は再度質問をした。

「何してたの？」

「……」

バツが悪そうな表情を浮かべて、桐ケ谷が手を振りほどこうとしてくる。

こちらの質問に答えるまで解放してやるつもりはない。

「くそ！　おい、放せよッ!!」

もがくことに必死な桐ケ谷を横目に、状況を確認する。

いきなり俺が現れて驚いている雪代《ゆきしろ》さんと、遠巻きにやりとりを見守っている人々。

雪代さんの隣には、以前とは容貌が激変した花火《はなび》の姿がある。

この場に駆けつけた瞬間は、また花火と桐ケ谷が共謀して問題を起こしたんだと思った。

でもなぜか雪代さんが、花火を庇《かば》うような素振り見せているのだ。

これまでとは何かが違うらしい。

ただ、どういう状況なのかまでは、まだわからない。

それでも一つだけはっきりしている。

雪代さんに暴力を振るおうとした桐ケ谷に対して、手加減をする必要は微塵《みじん》もないということだけは……。

「雪代さん、こいつに何されたの？　このまま警察に連れていこうか？」

雪代さんが答えるより先に、桐ケ谷が負け惜しみのような笑い声を上げた。

「警察に行くと困るのは、おまえのほうなんだよ！」

「……俺が困るってどういう意味？」

桐ケ谷は思わせぶりな表情を見せてから、雪代さんたちを顎《あご》で示した。

「あいつらに尋《たず》ねてみろよ。絶対に口を割らないだろうけど」

「何を言って――……」

「おーい、警察が来たぞ」

人だかりの中から上がった声に気を取られた直後、一瞬の隙《すき》をついた桐ケ谷が、拘束を逃れて駆けだした。

すぐに追いかけようとした俺のことを、雪代さんが呼び止める。

「待って、一ノ瀬《いちのせ》くん……！　今は深追いしないほうがいいと思うの……！」

雪代さんがそう言うならと思い、俺はひとまず立ち止まった。

◇◇◇

三十分後。

誰かの通報で現れた警官に対し、事情説明を行ったのは雪代さんだ。

雪代さんは単なる仲間内の喧嘩だと警官に伝えた。

視線でずっと花火のことを気にしていたから、おそらく花火のために嘘をついたのだろう。

雪代さんの説明は具体性に欠けたものだったが、祭りの最中だからか、警官は特に訝《いぶか》しむこともなかった。

「祭りで浮かれる気持ちもわかるが、もう揉《も》めたりするなよ。祭りの日に気を抜くと、次々厄介事が巻き起こるからな」

そんな注意を受け、俺たちは解放された。

俺たち……。

俺と、雪代さんと、それに花火。

まさかこの三人が関わる状況になるなんて……。

林間学校以降、花火の存在は俺の生活から完全に消え失せていたのだ。

「もう二度と、花火の顔を見ることなんてないと思ってたんだけど」

俺がそう言うと、花火はびくっとなって、体を強張《こわば》らせた。

「雪代さん、何があったのか教えてくれる？」

「それは……」

「い、言わないで……!!」

叫んだ花火は、怯《おび》えきった目をしている。

雪代さんに目を向けると、困ったように眉を下げている。

桐ケ谷の言ったとおりだ。

どうやら雪代さんも花火も、桐ケ谷との間に起こったことを俺に話したくないと思っているようだ。

改めて先ほど桐ケ谷の言っていたセリフを思い返してみる。

『警察に行くと困るのは、おまえのほうなんだよ！』

俺はこれまで犯罪に手を染めたことなど一度もない。

だから本来なら警察に行ったところで、困るわけなどないはずなのだが。

でもあのときの桐ケ谷の余裕に満ちた態度……。

ハッタリからくる発言ではなさそうだった。

『警察に行ったらどうなるか知らないぞ』という脅《おど》し文句を悪人が使う場合、まず浮かぶのは誘拐事件で人質が危険に晒《さら》されているパターンだ。

警察を介入させた時点で、取引は終了というやつである。

今回、人質は関係なさそうだが、もし花火と雪代さんが桐ケ谷と何らかの取引をしているとしたら？

そのことを警察に伝えた途端、取引は中止になる。

それによって困るのは俺……。

「……つまり俺をダシに脅されている？」

自然とそんな考えが浮かんできた。

俺が思考していたことをそのまま呟くと、雪代さんと花火が揃《そろ》って表情を引き攣《つ》らせた。

今の反応が答えの代わりになっている。

まだ根本的な部分は謎に包まれたままだけれど。

それでも構わない。

この問題で損害を被《こうむ》るのが俺だけなら、いくらでも自由に動けるからだ。

「花火、桐ケ谷の電話番号教えて。桐ケ谷とちゃんと話したい」

「だ、だめ……！」

「隠したって意味ないよ。蓮池《はすいけ》だって桐ケ谷と同じ部活だったから、番号くらい知ってるだろうし。花火が今番号を言わなくても、調べるルートならいくらだってある」

「……それなら番号を教えるから、電話をかけないって約束して」

「承諾《しょうだく》すると思う？　桐ケ谷と俺の問題なんだし。それを惜《お》いたとしても、俺の行動に関して花火に口出しされる筋合いはない」

「……それは……わかってます……。私には颯馬《そうま》センパイがやろうとすることに干渉《かんしょう》する権利なんてないって。でも今回は違うの……。だって原因を作っちゃったのは私だから……！」

「原因って？」

「……」

「花火が黙るなら、桐ケ谷に訊《き》くだけだから」

「あの人も具体的なことは口にしないはずです……」

「それは話してみないとわからない」

溜め息を吐《つ》き、スマホを取り出す。

蓮池に電話をかけるふりをしたところで、花火が追い詰められたような声を上げた。

「私が颯馬センパイの恥ずかしい動画を、前に桐ケ谷センパイに送っちゃったんです……!!　桐ケ谷センパイの機嫌を損ねちゃったら、その動画をネットにばらまかれちゃいます……！　でも私が言うことを聞いていれば、動画を公開されたりはしないはずなんです。だから今回の件は忘れてください……。雪代センパイのスマホも、必ず取り戻すと約束するんで……！」

いろいろ言いたいことはあるけど、何よりもまず――。

「雪代さんのスマホを桐ケ谷が持ってるの？」

尋ねた相手は雪代さんだ。

「……実は、一ノ瀬くんと電話してるときに取り上げられちゃって」

「だから突然電話が切れたんだ」

雪代さんとの通話が切れる直前、若い男の怒鳴り声が聞こえてきた。

それで心配になって、雪代さんを探したのだ。

祭りに関するアナウンスが電話越しに響いていたので、それが彼女を見つけ出すヒントになったのだった。

今の話で、あのとき雪代さんに何があったのか理解できた。

ふつふつとした怒りがこみ上げてくる。

林間学校で桐ケ谷たちに拘束されたときは、呆《あき》れる気持ちが勝ってこんな感情を抱かなかったが、雪代さんに危害が及んだとわかった途端、冷静ではいられなくなった。

「あ！　でもちゃんとロックをかけてあるから……！　スマホに何かされることはないと思うし、返してくれるとは言ってて……」

俺の表情の変化に気づいたのか、雪代さんが慌《あわ》てて付け足す。

雪代さんを不安にさせるのは本意ではない。

「ごめん。もう冷静だから」

「ほんと……？」

「うん、カッとなって行動するのはよくないよね」

だから静かな怒りで対処するつもりだ。

「雪代さんのスマホは必ず俺が取り戻すよ。——それから花火が桐ケ谷に送った動画だけど……」

俺と雪代さんから少し離れた場所に立っていた花火は、俺がそこまで口にした瞬間コンクリートの上に跪《ひざまず》いた。

そのまま両手をついて、勢いよく土下座をする。

「ごめんなさい、ごめんなさい、ごめんなさいっっ……!!　謝って済むことじゃないのはわかってますっ……!!　許してほしいなんて、もちろん思ってませんっ……！　でも本当に後悔してるので、せめて謝罪だけでもさせてくださいっ……!!」

花火の先走った行動を目にして、俺と雪代さんは呆気《あっけ》に取られた。

先に我に返ったのは雪代さんだ。

優しい雪代さんは花火のもとに駆け寄ると、隣にしゃがみ込んだ。

「花火ちゃん、ひとまず立とう？」

そう声をかけ、花火の体に手を添える。

花火の土下座なんか俺は微塵も望んでいない。雪代さんはそのことを察してくれたのだろう。

「雪代センパイ、構わないでください……！　私にはこんなふうに謝ることぐらいしかできないんです……！　ごめんなさい！　ごめんなさい！　ごめんなさいいいっっ!!」

はぁ……。

やれやれだ。

こういう場面で、土下座のようにオーバーなアクションを起こすのは、どこかで自分の人生を劇的なものだと思っている節《ふし》があるからではないか。

たとえ本気で反省していても、悲劇の主人公を気取られれば台無しになる。

どこか浮ついて、まともな感覚では生きられないのが、花火の根本的な性質なのだ。

俺はそれを受け入れられない。

花火が主役の滑稽《こっけい》な茶番劇に巻き込まれるなんて、もう二度とごめんだ。

「花火。それ以上うるさくするなら、俺たちだけで他の場所に移動するけど？」

「……！　さ、騒ぎませんっ……!!」

「その土下座も、また通報されかねないからやめて」

「は、はひっ!!」

花火が二つ返事で立ち上がる。

「花火、どうして雪代さんを巻き込んだんだ？」

「一ノ瀬くん、違うの……！　今回のことは偶然で……。私が花火ちゃんと桐ケ谷くんの間に……その……問題ごとがあった場に、たまたま居合わせたというか……。花火ちゃんからは拒《こば》まれたのに、花火ちゃんが抱《かか》えている問題を知ったらほっとけなくて……。それで勝手に首を突っ込んじゃったの」

「花火の問題か。それって俺の動画を餌《えさ》にして、桐ケ谷が花火に言いなりになることを強要しているって理解で大丈夫かな？」

雪代さんが頷く。

よかった。

つまり動画の件さえ解決すれば、雪代さんが花火と桐ケ谷の問題に煩《わずら》わされることもなくなるわけだ。

「俺の動画だけで何とかなる状況でよかった。そんな動画の存在は無視して大丈夫だから」

「「えっ……!?」」

雪代さんと花火が同時に驚きの声を上げる。

「無視してって……。桐ケ谷センパイはあの動画をばらまくかもしれないんですよ……!?」

花火が叫ぶように言う。

「うん。それが何？」

「それが何って……！　颯馬センパイのすごく恥ずかしい姿が映っている動画ですよッ!?」

子供の頃から絶縁するまでの間、花火には嫌がらせの動画を数えきれないほど撮られてきた。

そのひとつが桐ケ谷の手に回ったということだろう。

本気でくだらないと思いながら溜め息を吐く。

その動画を桐ケ谷に渡した当時の花火の行動も、動画をちらつかせて脅せると思っている桐ケ谷のことも。

くだらない人間すぎて怒る気にもなれない。

「別にあんなもの、世界中の人間に見られたって何とも感じないよ。だって俺はもう、花火にパンツを脱がされて泣いていた頃の俺じゃないから」

「で、でも……！　恥ずかしい姿を世界中の人に見られちゃうんですよ……!?」

花火が切羽詰《せっぱつ》まった声で言う。

「センパイの人生は台無しになっちゃいます……!!　ああ、私、ほんとになんてことを……」

そういえば俺にモラハラしまくっていた頃の花火は、今と似たようなことをよく口にしていた。

『センパイってば、存在自体が恥ずかしさの塊《かたまり》ですよね。よく人前に出ていけますね？　恥ずかしい姿を晒してるって、ちゃんと自覚を持って生きてくださいね。それってすごくみっともないことなんで。できるだけ目立たないよう、息を殺して生きなきゃだめですよぉ？』

人目を気にしろだとか。

世間から恥ずかしい人間だと思われるのはありえないだとか。

半ば洗脳のような方法で、花火のそんな価値観を植えつけられていた当時の俺は、周囲に対して巨大な羞恥心《しゅうちしん》を抱えながら、ビクビク生活していた。

「あの頃の俺だったら、動画をばらまかれることなんて耐えられなかったはずだ。だけどさっきも言ったとおり、今は違う。大切な人たちがわかってくれているのなら、それ以外の人になんと思われたっていいし、興味もわかない」

愛する人や友達ができたことで、自信が持てるようになり、いい意味で図太くなれたのだと思う。

「……っ」

言葉を失った花火が、俺のことをじっと見つめてくる。

「センパイは変わったんですね……」

花火が独り言のような声でそう言ったとき、俺のスマホがそれを遮《さえぎ》るように鳴り鳴り響いた。

電話の相手は蓮池だ。

気まずそうに花火が黙ったから、俺はそのまま蓮池の電話に出た。

「もしもし、蓮池？　どうし――」

「ああ、よかった！　一ノ瀬、助けてくれ……！　綾菜《あやな》が……!!」

第十二話　悪いけど、君はない

蓮池《はすいけ》に呼び出された場所へと向かうと、陸橋の上で揉《も》めている男女の姿が視界に飛び込んできた。

蓮池と彼女の櫻井《さくらい》綾菜《あやな》だ。

この宮橋《みやばし》駅周辺にいたということは、蓮池たちも祭りの見物をするつもりだったのだろう。

それがどうしてこんな事態を引き起こしてしまったのか……。

蓮池たちの周りには、桐ケ谷《きりがや》と揉めていたときと同じくらいの人だかりができている。

それも当然だ。

手すりの向こう側に立った櫻井綾菜が、泣きながら「死んでやる！」と叫び続けているのだ。

蓮池が必死に説得を試みているが、取り乱した櫻井綾菜は、一切聞く耳を持たなかった。

「もういい！　死ぬ！　死んでやる!!　どうせ綾は誰からも愛されないんだ……!!」

本当に次から次へと問題が発生する。

警察官が言っていた『祭りの日に気を抜くと、次々厄介事が巻き起こるから』という言葉が脳裏を過《よ》ぎる。

気を抜いているつもりはないが、あの言葉どおりの状況が続いている。

でも、とにかく一つ一つ解決していくしかない。

「――蓮池」

泣きそうな顔で困り果てている蓮池に声をかける。

「一ノ瀬……！　来てくれたか……!!　それに雪代も……!!」

「なんで死にそうな綾を放置してのんびり喋《しゃべ》ってるの!?　やっぱり綾のこと心配してないんだ……！　死んでやる！　死んでやる……!!」

「綾菜！　やめろ……!!」

蓮池が慌《あわ》てて制止する。

櫻井綾菜は鉄柵を摑んでいる手を離してしまったが、さすがにそのまま飛び降りることはなかった。

それでも危険な状況に変わりはない。

蓮池に事情を尋《たず》ねたくても、櫻井綾菜があの調子では難しい。

どうしたものかと迷っていると――。

「……あんな馬鹿女ほっとけばいいじゃないですか。確実に自殺したりしませんから。相手にするほどあの女の思うツボですよ？」

軽蔑しきった顔で、花火《はなび》がとんでもない爆弾を落とす。

蓮池から呼び出されて移動しようとしたとき、花火はついていきたいという素振りを見せた。

桐ケ谷の件はまだ完全に解決していないので、ひとまず同行させることにしたのだが、判断を誤《あやま》ったかもしれない。

とにかく今の花火の暴言が櫻井綾菜の耳に届いていなければいい。

そう期待したが、そんなに都合よく物事が運ぶわけもなく……。

花火を見た途端、なぜか目を見開いた櫻井綾菜が憎たらしそうに花火の名を呼ぶ。

「如月《きさらぎ》花火……！」

その反応を見て、ハッとなる。

櫻井綾菜は、桐ケ谷に乗り換えるため蓮池と別れた。

ところが桐ケ谷は花火と付き合うため、そんな櫻井綾菜をあっさり捨てたのだった。

櫻井綾菜が花火を恨んでいないわけがない。

つまり櫻井綾菜と花火は絶対に鉢合わせさせてはいけない相手同士なのだ。

「ていうか今なんて……？」

鬼のような形相《ぎょうそう》になった櫻井綾菜が、花火のことを睨《にら》みつける。

嫌な予感を覚えたときには遅かった。

「演技で騒いで注目されたがるなんて、痛すぎるんで。そういうのやめたほうがいいですよ？」

「演技なんかじゃないもん……!!」

「えー？　でももう涙止まってますよね？」

「……!!」

「死ぬ死ぬ詐欺をするにしても、もうちょっとクオリティを上げてもらわないと」

「……このクソ女ァ、黙ってればッッ!!」

それまでと比較して、一オクターブは低い声で櫻井綾菜が叫ぶ。

櫻井綾菜はそのまま鉄柵を乗り越えると、花火を目指して一目散《いちもくさん》に走ってきた。

かたや花火は身構えることもなく、平然とした態度で佇《たたず》んでいる。

さすがにこのままではまずい。

「蓮池、櫻井さんを押さえて……！」

「……！　わ、わかった……！」

呆然としていた蓮池が、俺の声で我に返る。

しかし蓮池から櫻井綾菜まで、思ったよりも距離があった。

俺が咄嗟《とっさ》に動いたのは、花火のはちゃめちゃとも思える行動が、今回に限っては役に立ったからだ。

俺は花火の腕を摑むと、自分のほうへ引き寄せた。

花火に飛びかかろうとしていた櫻井綾菜は、的《まと》を見失ったことでバランスを崩した。

すぐさま蓮池が、櫻井綾菜の体を抱《かか》えるようにして拘束する。

「放して！　放してッッ!!　放せッ、馬鹿ッッ!!」

どんな言葉で罵《ののし》られても、蓮池は櫻井綾菜のことを放そうとはしなかった。

◇◇◇

――数分後。

暴れ疲れた櫻井綾菜がおとなしくなる頃には、周囲の人だかりも霧散《むさん》していた。

櫻井綾菜は放心している。

「蓮池、いったい何があったんだ……？」

蓮池は重い溜め息を吐《つ》くと、静かな声で言った。

「今日会ったときから、綾菜の機嫌が悪かったんだ。もともと祭りに行く約束をしていたんだけど」

そこからの蓮池と櫻井綾菜の会話は、聞いているだけで気が滅入《めい》るものだった。

『綾、気が乗らないから、もうお祭りには行きたくない！』

『……じゃあ、やめておくか？』

『なんでどうでもいいって態度なの!?　本当はお祭りなんてめんどくさいと思ってたんでしょ！』

『何言ってんだ……。そんなつもりないよ』

『嘘!!　態度に透けてたもん』

『はぁ……。だったらどうしたらいいんだよ……？』

『溜め息吐いた!?　あーもう無理!!　そんなふうにめんどくさがるなんて、綾のこと大事にしてない証拠だもん!!』

『……』

『ほら!!　何も言えなくなった!!　認めたってことでしょ!?』

『いや、今のは考えてただけで……』

『誰も綾のこと大切にしてくれない!!　いつもそう!!　いっつもそう!!　千秋《ちあき》だって、太一《たいち》だって、自分に都合よく綾を利用しただけなんだ！　綾は誰からも愛されないかわいそうな子なんだ!!』

『……太一って……。どうして桐ケ谷の名前が出てくるんだ……？　まさか、まだあいつと繋がって……？』

『あっ！　……ち、違う……!!　太一とはそういうんじゃなくて……』

『……』

『え……？　信じてくれないの……？　……ひどい!!　綾って彼氏に信じてもらえないような子なんだ!?　そんな子生きてる意味ないよね!?　もういい！　だったら死んでやる!!』

『は……？　おい、綾菜……!!』

そのやりとりの後、櫻井綾菜は陸橋に駆け上ったのだという。

なんというか、地獄のような状況だ……。

「一ノ瀬《いちのせ》、騒ぎに巻き込んでしまってごめん……」

「いや、それは全然構わないよ」

問題は櫻井綾菜をどうするかだ。

俺、蓮池、雪代さんが、対処の仕方に悩みながら、櫻井綾菜の様子を窺《うかが》っていると——。

「あっは。こんな女、相手にしちゃだめですよ。浮気がばれたことを誤魔化すために、自殺するふりをするようなメンヘラ女なんて」

「浮気なんてしてないもん……!!」

花火の暴言がよっぽど許せなかったのか、むくりと起き上がった綾菜が反論する。

直前まで抜け殻《がら》のようだったのに……。

さっきもそうだったけれど、なぜか花火の容赦ない発言には、櫻井綾菜を正気に返らせる効果があるらしい。

俺はこっそり蓮池に視線を向けた。

蓮池が意図を察して頷《うなず》き返してくる。

俺たちはしばらくの間、花火と櫻井綾菜のやりとりを見守ることにしたのだ。

もちろん、またキャットファイトがはじまりそうになったら、すぐに引き離すつもりではいる。

「よく見たらあなた、桐ケ谷センパイの元カノさんじゃないですかぁ。そんなヤンデレだから、あっさり捨てられちゃうんですよ。今の話の感じだと、桐ケ谷センパイとまだ続いているみたいですけど。あんなクズのどこがいいんです?」

「だから続いてないって言ってるでしょ!?　綾と桐ケ谷くんは、おまえに復讐するために手を組んでただけだから!!」

「私に復讐?」

寝耳に水だったらしく、花火がキョトンとした顔をする。

「ちょっと待った。綾菜、どういうことだ？」

さすがに黙っていられなかったらしく、蓮池が問いかける。

櫻井綾菜は迷うように視線を彷徨《さまよ》わせてから、はぁと息を吐き出した。

「いいや、全部話しちゃお。綾を裏切った太一が悪いんだから」

独り言のような声量でそう呟いた櫻井綾菜は、顔を上げるとにんまりと笑った。

「太一はねえ、ある人の指示のもと、どっちが如月花火を不幸にできるか競ってるんだよ。それで綾にも協力するように言ってきたんだ。綾だって如月花火には恨みがあるから、いいよって答えたんだ。で、綾の役目は如月花火が大好きな一ノ瀬くんを落とすことだったんだけどー。千秋が役立たずで、ちっとも一ノ瀬くんに繋いでくれないから、太一から切られちゃったんだよ。ほんとむかつく！」

その場にいた全員が言葉を失ったのは言うまでもない。

『ある人』が誰なのかも、『どっちが』というのが誰と誰のことなのかも俺はわかっていたが、櫻井綾菜が身勝手な動機で蓮池を振り回していたことまでは理解できていなかった。

櫻井綾菜はいったいどれだけ蓮池を傷つけるつもりなのか。

そんな中、どうにか声を発したのは蓮池だった。

「……だからあんなに何度も一ノ瀬に会わせろと言ってきたのか。もしかして俺とよりを戻したのも、それが目的か……？」

「当たり前でしょ。何の理由もなく、千秋みたいに面白みのない男とよりを戻したがるわけないじゃん！」

櫻井綾菜はそこで初めて蓮池に視線を向けると、馬鹿にするようにせせら笑った。

「この際だから言わせてもらうけど、千秋って彼氏としてのよさゼロだから！　ドキドキするようなこと、何もしてくれないし。好きでいてもらうための努力をしないくせに、こっちが浮気しないかってことばっか気にして。浮気されるヤツは、自分に原因があるんだからね！　よそ見しないでもらえるような男になってから、やきもちやけよって話!!」

蓮池は呆然としたまま、黙り込んでいる。

「そうやってすぐ黙るところも、会話が成立しなくてつまんない！　顔だって好みじゃないし。千秋が彼氏じゃ自慢もできない。綾、千秋と別れて、一ノ瀬くんと付き合いたい！」

「な……!?」

「はぁ!?」

「は……？」

蓮池、花火、俺が同時に声を上げる。

それから一拍遅れて――。

「だ、だめです……!!」

珍しく大きな声で叫んだ雪代さんが、両手をがばっと広げて、俺と櫻井綾菜の間に割って入ってきた。

「一ノ瀬くんは、わ、私の恋人なので……！　ちょっかいを出すのはやめてください……！」

「彼女だから何？　あんたみたいな地味女より、綾を選びたいかもしれないよ？　ね、一ノ瀬くん」

櫻井綾菜が媚《こ》びるような声で俺の名を呼ぶ。

答えなんて考えるまでもない。

「悪いけど、君はない」

「千秋のことなら気にしなくていいよ？　綾のこと好きな千秋は、綾の幸せを一番に考えてくれるから。綾が一ノ瀬くんと付き合うなら、喜んで身を引いてくれるよ」

花火と揉めていた頃のことが脳裏を過ぎる。

この手のやばい女子って、もしかしてみんな自分に都合よく相手の発言を解釈する癖《くせ》でもあるのだろうか？

どちらにしろこのタイプには、遠慮せずストレートな本心をぶつけなければ伝わらない。

「何か勘違いしてるみたいだけど、君のことを『ない』って言ったのは、君自身が無理だからだよ。たとえ君が蓮池の彼女じゃなくても、たとえ俺が雪代さんと付き合ってなくても、君とは絶対付き合わない」

「な、なんで……？」

櫻井綾菜が信じられないという顔で問いかけてくる。

俺はきっぱりとした口調で答えた。

「恋愛対象として見る以前に、人として君のことを好きになれないから」

「な……何言ってるの……。男側が綾と付き合うか選ぶなんてありえない……!!　最近ちやほやされてるからって、調子に乗らないでよ……！　あんたなんてもともとは根暗のキモ男じゃん!!　太一たちに嫌がらせされたのだってダサすぎるし!!　あんたなんて……ぶっ!?」

櫻井綾菜が奇妙な悲鳴を上げたのは、花火が櫻井綾菜の頬を容赦のない力でひっぱたいたからだ。

「颯馬センパイをなじっていいのは、私だけです」

ドスの利《き》いた声で、花火が綾菜を威嚇《いかく》する。

「あ！　違う！　今は……というより、もともと誰にもそんな権利なんてないんです！　と、とにかく!!　もしまだ颯馬センパイのことを悪く言うようなら、もう一発ぶちかましますよ？」

「ひっ……！」

本気で怯《おび》えた顔で、櫻井綾菜が息を呑む。

その瞳に突然じんわりと涙が浮かんで……。

「痛い……痛いよぉ……。ううっ……うわあああっっっっんんんん!!」

櫻井綾菜はまるで赤ん坊のように、大声を上げて泣きだした。

「うわーんうわーん！　痛い！　痛いのおおっっっ!!　千秋！　助けてええええっっ!!」

号泣しながら櫻井綾菜が蓮池に向かって手を伸ばす。

蓮池は……。

「……」

蓮池は軽蔑を滲《にじ》ませた静かな目で、櫻井綾菜を眺めたまま首を横に振った。

おそらく何の言葉も発しなかったのは、蓮池の優しさだろう。

散々ひどいことを言われたのに、決して言い返さなかった蓮池はかっこいい。

櫻井綾菜はそんな蓮池の魅力に、全然気づけなかったのだろう。

蓮池が助けてくれないとわかると、櫻井綾菜は再び矛先《ほこさき》を俺に向けてきた。

「一ノ瀬く……」

「これ以上センパイに絡《から》もうとするなら、死んだほうがマシだと思えるような目に遭《あ》わせますよ？」

割り込んできた花火が、低い声で櫻井綾菜を脅《おど》す。

櫻井綾菜は演技ではなく、本気で震え上がった。

「……ッッッ!!」

「返事は？」

「は、はいっっっ!!」

「もし約束を破るようなことがあったら……わかってますよねえ？」

「は、はははははひっっっ!!」

「ふふっ。いい返事ですねえ。それじゃあ目障《めざわ》りなんでさっさと消えてくれますぅ？」

花火に脅された櫻井綾菜は、慌《あわ》てて立ち上がるとそそくさと去っていった。

「ふん、メンヘラ女が……」

腰に手を当てて仁王立ちをした花火が、櫻井綾菜の後ろ姿を睨みつけながら、ぼそっと呟《つぶや》く。

「おい、花火」

後ろから声をかけると、花火の肩がびくっと跳ねた。

まるでぜんまい仕掛けの人形のように、花火はぎこちなくこちらに振り返った。

「あ、あの今のはその……センパイの敵だったので……」

確かに櫻井綾菜には困らせられていた。

でも花火が今後も、俺の敵だと勝手に判断した相手に対し、攻撃的に振る舞ったら大変だ。

「俺の問題に首を突っ込むのはやめてくれ」

「ごめんなさい……」

一瞬でしょぼくれてしまった花火が小さくなる。

俺の知っている花火は、先ほどまでの攻撃的に悪態をついていたほうなので、なんだかすごくやりづらい。

しかも方法に難はあったが、櫻井綾菜を柵の向こうから呼び戻したのは、花火の功績だ。

もちろんあそこまで煽《あお》る必要はなかったと思うけれど……。

「あの……さっきは綾菜の暴走を止めてくれてありがとう。若干荒療治《じゃっかんあらりょうじ》だったが、俺じゃどうにもできなかったから助かった」

蓮池も俺と同じことを考えていたらしく、縮こまっている花火に向かってお礼を伝える。

途端にすんとした表情になった花火が、そっけなくそっぽを向く。

「別にあなたのためにしたことじゃないんで。絡んでくるのやめてもらえますか？」

おいおい。

なんで誰に対しても喧嘩腰なんだ。

「こら、花火」

「ぴやっ!?」

「その態度はないよ」

「うう、ごめんなさい……」

また花火が小さくなる。

「だいたいいつもの猫被りはどうしたんだ?」

花火はもともとどんでもなく外面《そとづら》のいいモラハラ女だった。

かつての花火なら、他人の前で今のように素《す》を晒《さら》すことなんて絶対になかったはずだ。

「……もう世間から、なんて思われようがどうでもよくなったので」

投げやりというより、悲しげな態度で花火が呟く。

同情するつもりはさらさらないが、どうも調子がくるう。

まったく……。

とはいえ、今もっとも重要なことは、花火の態度ではなく、櫻井綾菜が口にした内容についてだ。

『太一はねえ、ある人の指示のもと、どっちが如月花火を不幸にできるか競ってるんだよ』

「あの女の指示のもとか」

「そうだよ！　綾菜が妙なことを言ってただろ。あいつ桐ケ谷とグルになって何か悪さをしてたんじゃ……」

蓮池の言葉を聞き、雪代さんが心配そうに花火を見る。

「もしかして桐ケ谷くんの動画の問題に、櫻井さんも関わっていたんじゃないかな……」

「動画？」

あの場にいなかった蓮池が首を傾《かし》げる。

俺は宮橋駅で桐ケ谷との間に起こったことを説明した。

話を聞いていくうち、蓮池の顔が、どんどん怒りの表情に染まっていった。

「桐ケ谷の野郎……！　雪代に暴力を振るおうとしたうえ、一ノ瀬を脅すなんて許せないな……！　もともとあいつとは因縁《いんねん》があったが、今回の件はそういう次元を超えている。これ以上桐ケ谷を野放しにはできない」

「ああ。俺もそう思うよ」

蓮池に同意する。

桐ケ谷の行動は見過ごせる範囲を明らかに超えた。

「しまった……！　桐ケ谷に対処するにしても、さっき綾菜の漏らした内容だけじゃ、情報が少なすぎるよな？　まだ綾菜を帰すんじゃなかったな……」

「いや、それは大丈夫だよ」

焦《あせ》っている蓮池を落ち着かせるため、頷いてみせる。

「あの話の内容で充分だ。むしろ俺の中でバラバラになっていたものが、あれですべてひとつに繋がったから」

蓮池だけでなく、雪代さんや花火も不思議そうな顔で俺を見ている。

それも当然だ。

三人はまだ、俺と七緒《なお》つばさの間に起こったことを知らないのだから。

「裏でどんな企《たくら》みが行われていたのか、完全にわかったんだ。この件に関わっていた人間を、これからまとめて炙《あぶ》り出そうと思う」

すっきりした気持ちで、予定通り雪代さんと祭りを楽しむためにも――。

第十三話　制裁を下す

一時間後。

夕方になり、祭りに参加する人たちで、宮橋《みやばし》駅周辺はさらにごった返していた。

俺たち——俺と、蓮池《はすいけ》と、雪代《ゆきしろ》さんと花火《はなび》の四人は、駅から少し離れたところにある広場まで移動した。

ここなら駅前ほど混雑していない。

今から起こることを考えると、人目につく場所は避けたかったのだ。

さすがに一日で二回も警察沙《ざ》汰《た》にはなりたくないし。

俺はスマホを取り出して、時間を確認した。

もうすぐ彼らがやってくるはずだ。

ただその前に、雪代さんに話しておかなければいけないことがある。

「雪代さん、ごめんね。ちょっと二人だけで話せるかな？」

頷《うなず》いた雪代さんの表情に、緊張の色が宿る。

ついてきたそうにしている花火を視線で制してから、俺と雪代さんは噴水の前に移動した。

「あの一ノ瀬《いちのせ》くん、病院のこと……」

「ああ、うん。それもちゃんと話さないとって思ってたんだ」

桐ケ谷《きりがや》や櫻井《さくらい》綾菜《あやな》とのゴタゴタがあったせいで、報告するタイミングを見失っていたのだ。

「どこか具合が悪いの？　今は大丈夫？　もしかして無理をしてるんじゃ……」

雪代さんが畳みかけるように尋《たず》ねてくる。

心底心配してくれているのが、彼女の態度から伝わってきた。

「起きたときは頭痛がしたけど、もう治まったよ。実は薬を盛られちゃって」

「え……!?」

「それで病院で診《み》てもらってきたんだ」

「ま、待って……。薬って……そんな……」

おろおろとした雪代さんが瞳を揺らす。

「誰がそんなこと……」

雪代さんはどうにか落ち着こうとして、数回深呼吸を繰り返した。

「……ごめんなさい。誰がなんてわかりきったことを訊《き》いちゃって。……つばさちゃんなんだよね？」

雪代さんは、俺が七緒《なな》つばさと会っていたことを知っているから、自然とそういう結論に辿《たど》り着いたのだろう。

初めて女の子の友達ができたと喜んでいた雪代さんの笑顔が、脳裏を過《よ》ぎる。

本当だったら、こんな真実伝えたくはなかった。

俺は胸が痛むのを感じながら、重い気分のまま口を開いた。

「そう、七緒さんの仕業《しわざ》だ。残念ながら証拠もある。しかもそれだけじゃなくて、桐ケ谷と櫻井さんの問題にも七緒さんは関わっているんだ」

さすがにそれは予想外だったらしく、雪代さんが目を見開く。

俺も今日、櫻井綾菜の話を聞くまで、その繋がりには気づいていなかったから、雪代さんが驚くのも無理はない。

「それじゃあ、さっき一ノ瀬くんが呼び出した人の中に、つばさちゃんも入ってるの？」

「ああ。ここに来てもらうのは、七緒さんと、桐ケ谷と――」

「おい、一ノ瀬ぇぇぇッッッ!!　俺を呼び出すなんて、どういうつもりだッッッ!!」

チンピラみたいな怒鳴り声を上げながら現れたのは、先ほど宮橋駅前で別れたばかりの桐ケ谷だ。

宮橋駅前で会ったときよりも余裕がないし、怒りを露《あら》わにしている。

俺が花火伝いに送ったメール、その内容がかなりの効果をもたらしたらしい。

桐ケ谷は脇目も振らずに俺のもとまで来ると、いきなり胸倉《むなぐら》を摑んできた。

「あのメールはなんだ！　一丁前に俺を脅迫するつもりか!?」

俺は目と鼻の先まで迫った桐ケ谷の顔を、冷ややかな眼差《まなざ》しで眺めた。

「脅迫？　まさか。そんなことをしたら君と同じ犯罪者になっちゃうだろう？」

「だったらあのメールは何だ!?」

馬鹿のひとつ覚えのように、桐ケ谷が同じ質問を投げつけてくる。

「なんだと言われても。送ったままの意味しかないよ。『君がこの場に来なければ、多分すべての罪を擦《なす》りつけられることになる。それが嫌なら、自分の口から弁明しに顔を出してほしい』――そう書いてあっただろ？」

「だから罪だのなんだの何を言ってやがる!!」

そう叫んだ桐ケ谷は、俺の胸倉を摑んでいる手に力を込めてきた。

これ以上好きにさせておくつもりはない。

俺は桐ケ谷の手首を摑み返した。

「この……!!」

桐ケ谷は必死に抵抗したが、俺のほうが力が強いことは、宮橋駅前の一件で証明されている。

胸倉を摑んできた手を力ずくで外させると、桐ケ谷は悪態をつきながら、拳を振り上げてきた。

雪代さんに暴力を振るおうとした際も、きっとこのパターンだったのだろう。

あの時覚えた怒りが、再び強くなる。

でもここで手を出せば、桐ケ谷と同じレベルにまで落ちてしまう。

一瞬の間に思考を巡らせた。俺は、桐ケ谷の拳が頰に当たるギリギリのタイミングで、すっと体を引いてやった。

豪快にバランスを崩した桐ケ谷は、「ふゴッ⁉」と言う間抜けな悲鳴をあげながら、地面に倒れ込んだ。

しかも顔面から。

都会的に洗練された広場の地面には、大理石が敷かれている。

どうやら相当打ち所が悪かったようだ。

「ああううッ……………！　いぃい痛《いて》ぇッッ……痛えよぉおお……ッッ」

痛みのあまり涙を流しながら顔を上げた桐ケ谷の鼻は、とんでもない状態に変形していた。

勢いよく流れた鼻血と、その悲惨な有様から、鼻の軟骨がぐしゃぐしゃになってしまったのだと、素人目《しろうとめ》にもわかった。

泣きながら震えている桐ケ谷は、当然もうさっきまでのように暴れることができない。

「雪代さんのスマホ、返してくれる？」

目の前まで近づいていって、手を差し出す。

桐ケ谷は今や抵抗することもなく、スマホを渡してきた。

「雪代さん、一応中身確認してみてくれるかな？　――もし何かしてあったら……」

後半は桐ケ谷に向かって言う。

涙をだらだらと垂れ流している桐ケ谷は、慌《あわ》てて首を横に振りはじめた。

「はにもひてないッ……！　ロックははってたはら……！」

「ロックがかかってなかったら何かするつもりだったんだな」

「……っっ!!」

桐ケ谷が怯《おび》えた顔で後退《あとずさ》りする。

「本当にとことん最低な人間だね」

冷ややかな口調でそう伝えると、桐ケ谷は媚《こ》びるような目で懇願《こんがん》してきた。

「ひ、ひちのへ……ほまへは勘違ひひてるひょ……」

鼻が折れてしまったからか、涙を垂れ流しているせいか、ものすごく聞き取りづらい声で桐ケ谷が続ける。

「ほれははるひとのひうほとほひいへははへは」

　――俺はある人の言うことを聞いていただけだ、か。

　桐ケ谷の発言を聞いても、俺はなんとも思わなかった。

　そんなことはもう知っているからだ。

　そのタイミングで、二人目の待ち人が姿を現した。

「えー、なになに！　流血している人いるんだけど！　どういう状況？」

　そんな声がして振り返ると、口に手を当てて大げさに驚いている七緒つばさの姿があった。

「やばー！　ケンカしたのー？」

　どこか面白がっているような口調でそう言い、俺たちのもとへと近づいてくる。

　七緒つばさは、蓮池と花火に対してはなんの反応も示さなかった。

　桐ケ谷のことも、鼻血と涙だらけの顔を見て、「汚な！」と言ったきり、すぐに関心をなくした。

　だが俺と雪代さんに対してだけは違った。

　俺と雪代さんを交互に見ると、七緒つばさは歪《ゆが》んだ笑みを浮かべた。

「もしかして私と一ノ瀬くんのことがばれて、修羅場《しゅらば》になっちゃったとか？　ああ、それとも史《ふみ》が毎週末こっそり外泊してることで一ノ瀬くんに問い詰められたのかな？」

わざと揉《も》め事の種をまいて、俺と雪代さんの関係をこじらせるつもりなのだろう。

七緒つばさにも、桐ケ谷に送ったのと同じ内容のメッセージを送信したのだけれど、あんな不穏な文面で呼び出されたというのに、まだ引っ掻き回そうというのだから、ある意味感心させられる。

しかも七緒つばさには余裕さえあった。

彼女は状況を甘く見ているのだ。

「今までずっと他人を嵌《は》める側だったから、自分がその立場になったなんて想像もできないんだろうね」

「え？　何の話？」

まだ七緒つばさの表情は崩れない。

彼女はいつまでその態度を貫《つらぬ》けるのだろう？

「カフェのオーナーから聞いたよ。七緒さん、これまで何度もバイトの女の子と恋愛に関するトラブルを起こしてるって。他の子の彼氏を取っちゃう常習犯らしいね」

七緒つばさはわざとらしく溜め息を吐《つ》いた。

「もー！　やめてよ、その言い方。それじゃああたしが悪者みたいじゃん。オーナーはちゃんとわかってるはずだけどなぁ！　彼氏とられたって騒いだ子は確かにいたよ？　でもその子の勘違いだったんだから。勝手に彼氏があたしのことを好きになっちゃって、その子に別れ話をしたんだよ。バイト先に彼女を迎えに来た時、あたしとも少し喋《しゃべ》ったんだけど。それで気持ちがこっちに移っちゃったみたい。悪いのはあたしじゃなくて、心変わりした彼氏のほうでしょ。でも女ってすぐ彼氏に色目を使われたとかって言うじゃん？　その子もまんまそういうタイプで。営業中にわんわん泣きだして。あたしもオーナーに呼び出されて事情説明させられたりしたけど、あたしがその子の彼氏に手を出した証拠があるわけでもないし、なんのお咎《とが》めもなかったんだから」

そのときは、相手の女の子がかなり感情的なタイプで、お客さんに迷惑がかかるのも関係ないという感じで騒ぎ立てたため、オーナーも七緒つばさの言い分を信じてしまったらしい。

しかしその件の二週間後。

オーナーは、辞《や》めた子の彼氏と七緒つばさがいちゃつきながら歩いている姿を偶然目撃したのだった。

ところが七緒つばさの本性を知ったときにはもう遅かった。

七緒つばさはすでにオーナーの弱みを摑んでいて、自分を辞めさせたら、その情報を洗いざらいぶちまけると脅《おど》してきたのだ。

オーナーは具体的な内容を言わなかったが、口ぶりからして、取引先の女性との不倫の証拠を握られているようだった。

バイトの初日から気さくに接してくれたオーナー。

人好きのする笑顔と社交的な性格。

オーナーの場合はその長所が仇《あだ》となったわけだ。

オーナーのコミュニケーション能力の高さに尊敬の念を抱いていた俺としては、正直かなりがっかりさせられた。

結局オーナーは、調子がいいだけの無責任な男だったのだ。

だから七緒つばさにとことん利用された。

オーナーを強請《ゆす》るネタを摑んでからは、七緒つばさのやりたい放題となった。

七緒つばさはオーナーに命じて、男女の友達同士やカップル向けのバイト募集をかけさせ、入ってきた二人の仲を裂くという行為を面白半分に繰り返したのだ。

俺がオーナーから聞き取ってきた話を並べ立てると、七緒つばさはつまらなそうに鼻を鳴らした。

「な━んだ、オーナーってば。みんな喋っちゃったんだ？　奥さんかわいそう。これで離婚確定だね。まだ子供小さいのに」

まったく同情などしていない口調で、七緒つばさが言ってのける。

もちろん不倫していたオーナーだって悪い。

でも七緒つばさの邪悪さは、なんというか次元が違う。

「理解できないんだけど、なんでカップルを引き裂くようなことをするんだ？」

「えー？　だって誰かのモノのほうがよく見えるでしょ？　それに大事そうに柵に囲われてるものを奪いにいくのって燃えるっていうか。狩猟本能をかき立てられるんだよね。ほら、あたしって女っぽくないから！　そういうところめちゃくちゃ肉食なんだ！」

七緒つばさはいやらしい笑みを見せて、自分の唇をペロリと舐《な》めた。

「だからー、史のモノの颯馬を食べちゃう時も、すごく興奮したよ。史、ごめんねー？　私も颯馬も、史のことより自分たちの欲望のほうが勝っちゃったんだ！　でも友達だし、許してよね？」

これ以上、雪代さんを傷つけさせるつもりはない。

俺は七緒つばさの前まで行くと、自分だけに注意を向けさせた。

「七緒さんは嘘つきだね。今七緒さんが言ったようなことは起きてないよね？」

「颯馬ったら、往生際《おうじょうぎわ》が悪いなぁ、私と颯馬がホテルのベッドで並んで写ってる写真、史に見せたほうがいい？」

スマホをちらつかせながら、七緒つばさが問いかけてくる。

俺は肩を竦《すく》めてから、同じようにスマホを取り出した。

「確かに俺はあんたにデートドラッグを盛られて、意識がはっきりしないままホテルに連れ込まれた。だからベッドに並んで寝ている写真が出てきたって驚かない。ただあんたがさっき匂わせたような間違いなんて、俺とあんたの間にはなかった。それは断言できる」

「……どうしてそんなことが言いきれるの？」

俺が手にしたスマホを気にしながら、七緒つばさが問いかけてくる。

「あんたは、どんな手を使ってでも、恋人同士を別れさせようとする人間だ。そんな相手から食事の席に呼び出されたのに、何の警戒もせずに出向くなんてありえない」

ここにきて初めて、七緒つばさが顔色を変えた。

「さすがに薬を盛るなんて真似までするとは、思ってもみなかったけど」

そう伝え終えたところで、俺は手にしていたスマホを操作した。

起動させたのは、録音用のアプリだ。

『このアプリは、連続録音時間に制限が設けられていない。つまりスマホの空き容量に問題がなければ、充電が持つ限り、音声を録音し続けられる』

試しに録音を開始してすぐの音を流してみる。

『外でこんなふうに会うのって変な感じー！　しかも二人とも私服だし。やっぱこんなところ見られたら、絶対デート中だって誤解されちゃうよ！　颯馬もそう思うでしょ』

『興味ない。誤解されようが、事実なわけじゃないから』

『えー？　でもあたしと颯馬がデートしてたなんて噂が、史の耳に入っちゃったら大変じゃん』

あの日、店に入ってすぐ俺と七緒つばさが交わした会話だ。

七緒つばさの唇が動揺のあまり、微《かす》かに震える。

しかし彼女は何の言葉も発することができなかった。

俺は七緒つばさの様子を観察しながら、アプリの再生時間を調整した。

「今から流すのは、俺をホテルに連れ込んだ後、あんたがある人物に電話をかけたときの音声だ」

「ま、待って……！」

焦《あせ》った顔でそう叫んだ七緒つばさを無視して、再生のアイコンをタップする。

『もしもーし、お疲れ様でーす！　例の計画バッチリ成功しました！　もらった薬めちゃくちゃ効果あって。――はい。あー、それは絶対大丈夫ですよ。史って彼氏が浮気して受け入れられるようなタイプじゃないんで。経験が浅くて、純ぶってる子なんで。あんな写真見せられたら、一瞬で彼氏のことキモくなりますよ。――はい、はい、そうです。――ちゃんとホテルに連れてきました。――はい、あー、それが下着の上から触ったりしてみたんですが、全然反応なくって。薬のせいでしょうか？　――ですねえ。一ノ瀬くんが女だったら無反応でもヤっちゃえたんですけど、男は勃《た》ってくんなきゃどうにもできないんで。――写真？　――ああ、なるほどー！　確かに、その写真があれば、ヤっちゃったって勘違いさせられますもんね！　じゃあすぐ撮っておきます。――下着姿？　むしろ裸で撮りますよ！　生でおっぱい押しつければ、一ノ瀬くんも反応するかもですし？　――えー！　あなたに褒《ほ》められるなんて嬉しすぎますー！　――それはそうですよ。あなたはみんなの憧《あこが》れなんで、泉《いずみ》さん。そうそう、今回の件がうまくいってちゃんと颯馬と史を別れさせられたら、約束どおり泉さんのSNSであたしのことを紹介してくださいね！　泉さんほどのインフルエンサーが取り上げてくれたら、あたしも一気に有名人になれるんで』

そこまで流したところで、アプリを止める。

青ざめた顔で音声を聞いていた七緒つばさが、カタカタと震えだしたからだ。

そうなるのも当たり前だ。

今の音声の中には、俺にデートドラッグを盛った証拠や、俺に手出しできなかった事実だけでなく、今回の件を裏で操っていた人間の名まで、しっかり出てきたのだから。

――泉という名の影響力のあるインフルエンサー。

思い浮かぶ相手はただ一人。

「お姉ちゃん……」

怯《おび》えた声で花火が呟く。

後ろを振り返ると、花火は広場の暗がりに佇《たたず》む人物を、絶望の宿った瞳で見つめていた。

いつからそこにいたのか。

闇の中に立っていた人物が、ゆっくりとこちらに踏み出してくる。

月の明かりに照らされ、彼女の姿が明らかになる。

如月《きさらぎ》泉。

正真正銘、血の繋がった花火の姉だ。

第十四話　モラハラの連鎖を断ち切る

「なーんだ。全部バレちゃったんだ？　まぁでもしょうがないか。桐ケ谷《きりがや》くんも七緒《ななお》ちゃんもちょーっとお馬鹿さんなタイプだったし。うんうん。二人とも頑張った頑張った。このくらいが限界だったよね」

泉《いずみ》は慈愛に溢《あふ》れた口調でそう言うと、俺たちに向かってにっこりと微笑みかけてきた。

「颯馬《そうま》くんと話すのは何年ぶりかな？　ほんと見違えるほどかっこよくなったねえ。それでうちの花火《はなび》ちゃんを振るのはどうかと思うけど。確かに花火ちゃんはメンタルが安定してないし、性格に難ありの困った子だよ？　でもまともに生きていけないほどボロボロにする権利、颯馬くんにはなかったよねえ？」

「なるほど。花火を振ったから、俺のことを憎んで仕返ししようとしたわけですね」

でも、もちろんそれだけでは辻褄《つじつま》が合わない。

桐ケ谷の言い分によれば、かつて花火から送られてきた俺の動画を利用して、花火を脅迫するよう唆《そその》かしたのは泉なのだ。

桐ケ谷が嘘をついていないのなら、泉は花火を振った俺に報復することと、花火を痛めつけることと、その両方を望んでいたという話になってくる。

普通ならそんな矛盾《むじゅん》ありえないが……。

……泉のやりそうなことだ。

泉という人間もまた花火と同様に、ひどく歪《ゆが》んだ性格をしているのだ。

幼い頃の記憶で、印象に残っているものがある。

それはクリスマスの翌日の話。

泉が祖母からプレゼントされたウサギのぬいぐるみを持って現れた。

泉はそのぬいぐるみがとても気に入ったようで、公園に行くのにも携《たずさ》えてきたし、ずっと抱きしめたままで、片時も離そうとしなかった。

泉のぬいぐるみへの愛着ぶりを見て羨《うらや》ましくなったのか、突然花火がそのぬいぐるみが欲しいとねだりはじめた。

花火は当時四歳。

泉は七歳。

妹が妹らしく、困ったわがままを言う。姉のほうは、妹への愛情と、年長者としての責任感から譲ってあげる。

ここまではどの家庭でも見られる光景だろう。

泉はぬいぐるみを花火に差し出し、花火はうれしそうに受け取った。

「花火ちゃんが喜んでくれて、お姉ちゃんすごーくうれしい。そのぬいぐるみはお姉ちゃんの宝物だったから、お姉ちゃんの代わりだと思って絶対大切にしてね？　もしぬいぐるみをボロボロにしちゃったら、お姉ちゃんをボロボロにしたってことだからね」

幼い花火は生真面目《きまじめ》な顔で頷《うなず》き、必ず大切にすると約束した。

ところが翌日――。

ぬいぐるみは何者かの手によって、胴体がバラバラになった状態で発見された。

切り裂かれたぬいぐるみの腹からは、綿が飛び出し、目の代わりに付いていたボタンは引きちぎられていた。

ぬいぐるみの残骸をかき抱いて、泣きじゃくっている花火に向かって泉は言った。

「あーあ。花火ちゃんのせいで、お姉ちゃんの体バラバラになっちゃった。花火ちゃんがお姉ちゃんを殺したのと同じだね。お姉ちゃんは花火ちゃんを愛してあげたのに、花火ちゃんは同じように愛することもできない欠陥品なんだね」

心底哀れんでいるような口調でそう言いながらも、花火を見下ろしている泉の顔が満足げだった。

あのとき感じた背筋が凍るような不気味さ……。

泉はその後も頻繁《ひんぱん》に似たような行動を繰り返した。

甘やかした直後、花火の心を深く傷つけて喜ぶ。

そんな泉の接し方が、花火の歪んだ性格の形成に影響を与えたのは間違いがない。

俺は複雑な気持ちで花火を見た。

花火は青ざめたまま、震える声で泉に問いかけた。

「……お姉ちゃん、いったい何をしてたの……？」

胸の前で腕を組んだ泉がにっこりと微笑む。

場違いなほど穏やかで、慈愛に満ちた表情だ。

それがすごく気持ち悪い。

「お姉ちゃんはねえ、花火ちゃんと颯馬くんにお仕置きをしてたんだよ。興信所を使って、花火ちゃんが引きこもりになった理由を調べたら、颯馬くんが花火ちゃんを振ったからだってわかったの。そんなことをしでかしてくれた颯馬くんにも、振られたぐらいで引きこもりになった恥さらしな花火ちゃんにもお仕置きが必要でしょう？　だから二人の周囲にいる人間で、利用できそうな人に声をかけたの」

そこで白羽《しらは》の矢が立てられたのが、桐ケ谷太一《たいち》と七緒つばさだったのだろう。

「二人とも見返りをちらつかせるだけで、簡単に誘いに乗ってきたよ。桐ケ谷くんにはビジネスの仕方を教えて、顧客を紹介してあげたんだ。花火ちゃんを使って、すごく稼げたみたい。それも全部私のおかげ。つばさちゃんは自己顕示欲の激しい子だったから、ＳＮＳで有名にしてあげるよ。サバサバ系女子は需要があるから、ものすごくちやほやされるようになるよって言ったら、尻尾振って飛びついてきたの。素直で単純でかわいいよねえ。桐ケ谷くんは花火ちゃん担当。つばさちゃんは颯馬くん担当。二人には、どちらがより担当した相手を不幸にできるか競ってもらっていたの。勝ったほうが百万円もらえるはずだったんだけど、結果が出る前にばれちゃったから、報酬はなしかなあ」

泉が残念そうに肩を竦《すく》める。

「昔から思っていたけど、あんたはおかしい」

俺がそう言っても、泉は平然としている。

「一ノ瀬言うとおりだ！　だいたい如月はあんたの家族だろ⁉　なのにどうしてそんなこと……。あんた、妹に愛情がないのか⁉」

たまりかねたように蓮池《はすいけ》が口を挟む。

泉はわざとらしく眉を八の字にして蓮池を見た。

「まさか！　私はお姉ちゃんとして花火ちゃんを愛しているよ。だってかわいい妹だもの」

「ならなんで……」

「かわいくて愛してる妹だからこそ、憎たらしいってあるでしょう？　引きこもり、停学処分、挙句に男から振られるなんて。この私の妹なのに、そんな汚点を次々残すなんてありえないでしょう？　それを聞いて私すごく頭にきたの。だって、この私の妹なのに出来損《できそこ》ないすぎる！　だから花火ちゃんには、私をそんな気持ちにさせた報《むく》いを受けてもらわないと！」

やっぱり泉は完全に歪んでいる。

こんな人間を相手に、倫理観の話をしていてもしょうがない。

「あんたがどう思おうが勝手だけど、やったことの責任は取ってもらう。花火や雪代さんへの脅迫行為や、俺に薬を盛ったことは犯罪だから」

「ふふ。颯馬くんはおこちゃまだねえ。このぐらいの罪なんて、大人の力を使えば簡単に揉《も》み消せるんだよ。それに実行犯はそこの二人なんだよ。私はアドバイスをしたに過ぎないし。私を裁く法はないんじゃないかなあ？」

「ま、待ってよ……!!　私たちだけが悪いってことですか!?」

「全部ほれはちのへいにするふもひは!?」

七緒つばさと桐ケ谷が青ざめながら叫ぶ。

泉はそんな二人のことを、感情の籠《こ》もっていない目で一瞥《いちべつ》した。

「自分でしたことの責任くらい自分で取ろうね。もう二人とも高校生なんだから。ああ、でも未成年だから、警察沙汰《ざた》になったとしても、学校を退学になる程度で済むんじゃないかな？　でも恐喝と強制わいせつ罪に薬事法違反だから、鑑別所に入れられちゃうかも」

「……‼」

七緒つばさと桐ケ谷は、震え上がって黙り込んだ。

残念ながら泉の言っていることは間違ってはいない。

「さぁ、花火ちゃんおうちに帰ろう？」

花火に向かって、泉が手を差し出す。

ぬいぐるみの一件以来、花火は泉の言いなりだった。

それを泉も承知している。

自分に逆らうはずはないと決めつけた顔で、花火の出方を待っている。

ところが花火は、泉の手を握り返さなかった。

「えー。どうしたの、花火ちゃん。反抗期？　お姉ちゃんの言うこと聞かないっていうの？」

「……だってお姉ちゃんは……颯馬センパイを困らせようとしたから……」

俺が驚いて花火を見た直後、泉が下品な馬鹿笑いを響き渡らせた。

「アハハハハッ!!　ちょっとやだあ!　振られたくせにまだ颯馬くんのこと好きなのー?　花火ちゃんにはプライドがないのかなー?　お姉ちゃんがっかり!」

涙目になって唇を噛みしめている花火は、何も言い返すことができない。

口を開いたら、途端に涙が溢れ出してしまいそうなのだろう。

「ねえでも花火ちゃん。ここで花火ちゃんがわがままを言ってお姉ちゃんをイライラさせると、お姉ちゃん、花火ちゃんの大好きな颯馬くんをもっと苦しめなくちゃいけなくなるよ?」

「……!?　や、やめて……お姉ちゃん……」

「やめてほしいなら、お姉ちゃんと一緒に帰ろうね?」

「……」

怯えた花火が慌てて泉の傍《そば》へ駆け寄ろうとする。

花火を心配したわけじゃない。

でも俺の存在を利用して、花火を従わせようとした泉の行動は気に入らなかった。

それに泉は、間接的にとはいえ雪代《ゆきしろ》さんを巻き込んだ。

このままあっさり帰すわけにはいかない。

二度と同じことを繰り返さないよう、約束をさせなければ。

幸い俺は泉の弱みを知っている。

「──法律に触れなければ何をしても構わないって、心から言える？」

「ふふ、当たり前だよぉ。だって社会が罪じゃないって認めてくれてるんだもん」

「ふーん。あんたの考えはそうなんだ。でもあんたの父親はどうかな？」

「……え」

突然、泉の微笑みが崩壊した。

まるで窓ガラスに亀裂が走ったかのように。

「あんたたちの父親はとんでもなく厳格なはずだ。そんな人が、法律に触れないってだけで、あんたのした悪行を許してくれるのかな。俺には到底そう思えないけど」

「……!!」

「幸い俺の手元には、七緒つばさとあんたの会話を録音した音声データが残っている。これをあんたの父親に証拠として渡すことは可能だ」

「や、やめ……やめて……」

「事実を知ったあんたの父親は、あんたのことをこう言って責め立てるんじゃないかな。『この俺の娘なのに出来損ないだ！　俺を怒らせた報いを受けさせてやる！』って」

「……やあああああ……やめてえええええッッッ……」

取り乱して絶叫した泉を見て、俺と花火以外の全員が息を呑む。

俺と花火だけは、この泉の姿をよく知っているのだ。

厳格な父親は、泉と花火に対してモラハラまがいの教育を施《ほどこ》してきた。

なかでも泉は長女ということもあり、とくに厳しく躾《しつ》けられていた。

父親から受けたモラハラのストレスを、泉は花火にぶつけた。

それがあの歪んだ愛情と憎悪の理由だったのだ。

そして姉からモラハラを受け続けてきた花火が、今度はその捌《は》け口として俺を利用し——。

こうやって長年、モラハラの連鎖が起こっていたわけだ。

「そんなに父親が怖いなら、こんな悪さしなければよかったのに」

「ご、ごめんなさい……。ごめんなさいッ!! なんでもする……なんでもするからッ……!

だから、お父様にだけは言わないで……。ね……ね？ ……お願い……お願いします……」

涙と鼻水と涎《よだれ》まみれになった泉が、必死の形相でしがみついてくる。

俺が何の反応も示さないでいると、今度は矛先《ほこさき》を変えて花火に訴えた。

「ねえ、花火ちゃん!! お姉ちゃんのこと好きでしょ!? だってお姉ちゃんなんだから！ お姉ちゃんがこんなに困ってるんだよ……!? 助けてくれるよね!? 役立たずな花火ちゃんでも、そのくらいのことはできるでしょ!!」

花火は光のない目から生理的な涙を流したまま、姉をぼんやりと見下ろしている。

花火に同情するつもりはない。

ただ、こんなとんでもない家族に囲まれて育ったら、歪んだ人間になるのも当然のような気がしてきた。

エピローグ　来年も二人で

午後六時。

祭りの花火が上がる七時まであと一時間。

なんとかすべての問題を解決することができた。

泉《いずみ》には、データの音声を父親に聞かせない代わりに、二度と俺たちに危害を加えないと約束させた。

俺たちの枠の中には、一応花火《はなび》も入っている。

花火のためではなく、花火を心配する雪代《ゆきしろ》さんがそう望むと思ったからだ。

桐ケ谷《きりがや》と七緒《ななお》つばさに関しては、もっと簡単だった。

二人のしたことは犯罪行為なので、警察の存在をちらつかせるだけで十分効果があった。

七緒つばさはバイトを辞《や》めると言い、オーナーを脅《おど》すことも二度としないと明言した。

次のバイト先で同じことをしでかすかどうかはわからないけれど、面白半分に他人を不幸にしていけば、そう遠くない未来にしっぺ返しを食らうことになるだろう。

泉、桐ケ谷、七緒つばさの三人は、この世の終わりのような暗い空気を纏《まと》いながら一人ずつ姿を消した。

そんな三人と対照的に、蓮池《はすいけ》は「次のバイト休みには、失恋カラオケ付き合ってくれよ！」と言うと、明るく手を振り帰っていった。

花火とは――最後に少しだけ二人で話した。

「颯馬《そうま》センパイ……お姉ちゃんがごめんなさい……。……お姉ちゃんだけじゃなく、私も……。お姉ちゃんのことも全部私のせいですし……。……雪代センパイのことも巻き込んじゃって……」

「まさか雪代さんが花火のために動いていたとは思ってなかったから、さすがに驚いた」

「……雪代センパイ、颯馬センパイに私のこと言わないでいてくれたんですね……」

「花火が口止めしたのか？」

「はい……。ごめんなさい……」

言えなかった理由はわかる。

泉と桐ケ谷の策略で、花火がどんなことをさせられていたか。

それについては、それぞれの発言から察している。

「私……どうしても颯馬センパイだけには知られたくなかった……。センパイから、汚い最低な人間だって思われたくないです……。颯馬センパイにこれ以上嫌われたら、もうほんとに生きていけません……」

「花火は最低な人間だよ。でもそれは子供の頃からずっとだろ。別に今にはじまったことじゃない」

「え……」

口をぽかんと開けて、花火が俺を見上げる。

「……じゃあ私がしたことを知っても、今まで以上に幻滅することはない……？」

「とっくに幻滅してるし、めちゃくちゃ嫌ってるんだから。どうやってこれ以上嫌えるんだ」

「……!!」

花火の顔が途端にぱあっと輝く。

俺の言葉のどこに喜ぶべきところがあったのか。謎すぎる。

「うれしい……！　颯馬センパイにもっと嫌われることだけが怖かったんです……！　よかった……本当によかったぁ……」

目に涙を溜めて、心底ほっとしたように花火が微笑む。

「……これ以上嫌えないほど嫌ってるって言ったからね。そこちゃんとわかっているよね？」

若干《じゃっかん》心配になって尋《たず》ねる。

「もちろんです！　だから今すごく辛《つら》いんです。今以上辛いのは耐えられないってくらいに……！」

花火の思考はよく理解できなかったが、質問を返すほどではない。

それにこの辺でしっかり線引きをしたほうがよさそうだ。

ただでさえ今回は花火と関わりすぎてしまったのだから。

「俺が花火を許すことはないけど、だからって花火に対して一生苦しんでろって思ってるわけじゃない。俺としてはむしろ花火に俺の存在をさっさと忘れてもらいたいから」

それだけ伝えて背中を向ける。

気配で花火が静かに立ち去っていくのがわかった。

「一ノ瀬くん、大丈夫……？」

雪代さんが遠慮がちに声をかけてくる。

俺は微笑んで頷《うなず》くと、雪代さんの手を取った。

「遅くなっちゃったけど、俺と一緒に祭りを楽しんでくれる？」

◇◇◇

祭りの打ち上げ花火は、河原の土手で打ち上げられる。

今から移動したところで、近場のいい席は確保できそうにないので、俺たちは街の高台にある丘に上がった。

ここからならビルが邪魔にならず、打ち上げ花火を見物できる。

しかも丘の上には俺たち以外、人の姿が見られない。

「静かに打ち上げ花火を眺めるのなら、最高のロケーションだよね」

雪代さんがうれしそうに言う。

俺は頷き返しながら、同時に申し訳なさも感じていた。

たしかにここは静かだけれど、そのせいで祭り特有の雰囲気を感じることはできない。

「ごめんね。祭りを楽しみにしてたのに。充分に満足させられなくなっちゃって」

雪代さんは微笑んだまま、首を横に振った。

「一ノ瀬くんと一緒に打ち上げ花火を見られるだけで十分幸せだよ」

こういうときに笑顔を見せられる雪代さんを、俺は心底尊敬する。

本当は祭りをちゃんと見物したかったはずだし、七緒つばさのことでだって傷ついているはずなのに。

雪代さんはそんな気配をまったく見せないのだ。

「七緒さんのこと……ああいう人だって話したほうがいいのか、正直ずっと迷ってたんだ」

雪代さんは少しだけ驚いた後、こくりと頷いた。

「でも私も少しずつ違和感を覚えるようになってたの。一ノ瀬くんと付き合う前までは、いろんなことをつばさちゃんに相談していたんだけど、だんだん距離ができていってたし……」

だから俺たちが付き合いはじめたことを、雪代さんは七緒つばさに伝えなかったのか。

「一ノ瀬くん、あのね……つばさちゃんが話していたこと――私が毎週末に外泊してることについてなんだけど……」

「雪代さん、もし話しづらい内容なら、無理しなくてもいいんだよ。俺は何も疑ってなんかいないし」

「ありがとう……。一ノ瀬くんに隠しておきたかったわけじゃないの。心配をかけちゃうかなと思ったら、言いだせなくて……。……実はね、私、今まで話したことがなかったんだけど、両親を早くに亡くしていて。今は従兄《いとこ》の家でお世話になってるの」

正直かなり驚いた。

それと同時に、以前花火の家の事情を話したときの雪代さんの反応が思い出された。

『私たち子供は、生活する家庭を選べないもんね……』

声を微《かす》かに震わせてそう言っていた雪代さん。

きっと彼女は、その家でかなりの苦労をしてきたのだ。

それなのに俺は雪代さんのことを、ごく普通のしっかりした両親のもと、幸せに育てられた人だと思い込んできた。

雪代さんが花火とは違って、穏やかで優しくまっとうな人だったから。

「従兄は大学生で普段は家にいないんだけど、夏休みの間、週末だけ実家に戻ってきていて……私、ちょっと彼と折り合いが悪くて……。それで従兄が戻る週末は、ネットカフェに泊まってたの……。あ！　でも今週から海外旅行に行くって言ってたから、もう問題ないんだけど。黙っていて本当にごめんなさい……」

「謝らないで……！　というか俺のほうこそごめん。雪代さんが悩みを抱《かか》えていたのに、まったく気づいてあげられなくて……」

「そんな……！　私が話さなかったんだから当然だよ……！」

自分も同じように心配をかけたくなくて、七緒つばさとの間にあったごたごたを雪代さんに黙っていたから、雪代さんの思いはよくわかった。

「その従兄弟のことは本当にもう大丈夫？」

「うん……！　心配させちゃってごめんなさい」

雪代さんがまた頭を下げる。

俺たちは謝り合ってばかりだ。

「雪代さん、今回のこともそうだけど、何もかも話してほしいとは思ってないんだ。雪代さんに秘密がどれだけあったって問題ない。でも、もし話したくなったときは、いつでも聞くから頼ってほしい。俺、雪代さんを支えられる人間になりたいから」

「一ノ瀬くん……ありがとう」

雪代さんが少しだけ言葉につかえる。

胸がいっぱいだということはその表情から伝わってきた。

お互いの指先が触れ合い、どちらからともなく手を重ね合わせる。

その直後、ドーンと音が響いて、紺色の空に煌《きら》めく花火が打ち上がった。

「わあ、きれい……」

打ち上げ花火を仰ぎながら、雪代さんが呟《つぶや》く。

その横顔に俺が見惚《みと》れていることに、彼女は気づいていない。

来年も雪代さんと二人でこの花火を眺めたい。

たとえどんな困難に遭遇しても、信じ合って乗り越えて、彼女の隣にい続けたい。
俺は心の底からそう願いながら、夜空に咲く花火に視線を向けたのだった——。

あとがき

こんにちは、斧名田《おのなた》マニマニです。
このたびは『幼馴染彼女のモラハラがひどいんで絶縁宣言してやった2 ～自分らしく生きることにしたら、なぜか隣の席の隠れ美少女から告白された～』をお手に取っていただきありがとうございます。

2巻では、雪代《ゆきしろ》さんとの関係の進展や、これまでの悪行に対する罰をしっかり受ける花火《はなび》の姿など、1巻で描ききれなかった部分を補完してみました。また、花火とは違ったタイプのとんでもない女子たちも、新たに複数名登場します。かわいくて最低な女の子たちがわからせられてしまう展開、是非是非お楽しみいただければ幸いです。

さて、昨今の出版業界では、ほとんどの場合、新刊の売れ行き次第で、続刊が出せるかどうかが決定します。そのため、この物語をお気に召していただけた場合は、ＳＮＳや書籍販売サイト等で応援していただけると、とてもうれしいです……！

最後に、本作でも引き続きイラストを担当してくださったＵ３５《うみこ》さん、担当のＴさん、お力添えいただき本当にありがとうございました！

二〇二三年十一月某日　斧名田マニマニ

モラハラ彼女に天誅!!
ざまぁ系痛快ラブコメ!!
ニコニコ漫画
水曜日はまったり
ダッシュエックスコミック
にて
大好評連載中!!

コミックス最新刊2巻
2024年1月18日(木)発売!!
「小説家になろう」
現実世界【恋愛】ジャンル
第1位
獲得作品
待望のコミカライズ!!
幼馴染彼女のモラハラがひどいんで絶縁宣言してやった
~自分らしく生きることにしたら、なぜか
隣の席の隠れ美少女から告白された~

大好評

万部突破!!
元勇者の復讐無双ファンタジー!!
著者／斧名田マニマニ
イラスト／荒野
原作小説1～3巻
コミックス1～11巻
大好評発売中!!

シリーズ累計165
漫画／坂本あきら
原作／斧名田マニマニ
コンテ校正／半次
キャラクター原案／荒野
超美麗絵によるコミカライズ!!
復讐を希《こいねが》う最強勇者は、闇の力で殲滅無双するこの作品の感想をお寄せください。

あて先　〒101-8050　東京都千代田区一ツ橋2-5-10
集英社　ダッシュエックス文庫編集部　気付
斧名田マニマニ先生　U35先生

ダッシュエックス文庫

幼馴染彼女のモラハラがひどいんで絶縁宣言してやった2
～自分らしく生きることにしたら、なぜか隣の席の隠れ美少女から告白された～

斧名田マニマニ

2023年12月27日　第1刷発行

★定価はカバーに表示してあります

発行者　瓶子吉久
発行所　株式会社　集英社
〒101-8050　東京都千代田区一ツ橋2-5-10
03(3230)6229(編集)
03(3230)6393(販売／書店専用) 03(3230)6080(読者係)
印刷所　大日本印刷株式会社
編集協力　法貴仁敬

ISBN978-4-08-631536-4 C0193